集英社オレンジ文庫

百番様の花嫁御寮

神在片恋祈譚

東堂　燦

本書は書き下ろしです。

目次

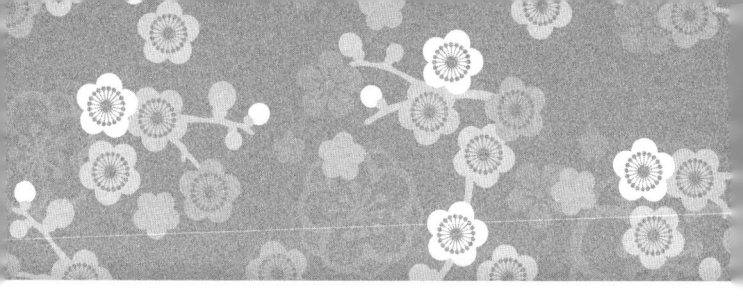

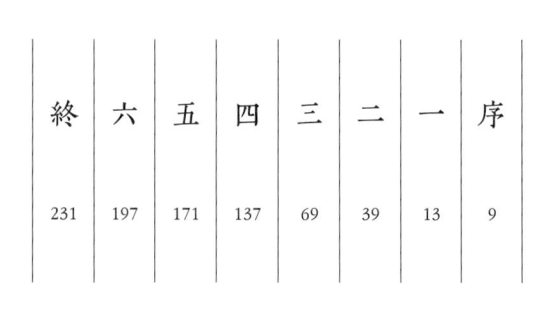

登場人物紹介

百生家(ももせけ)

京の近くにある、帰咲(かえりざき)を領地とする一族。
はるか昔——国生みの時に生まれた神々を始祖(しそ)とし、
未だ所有する一族=「神在(かみあり)」でもある。
その中でも、邪気祓(じゃきばら)いの神《百番様》を有する。

◆紗恵(さえ)

幼い頃から虐げられ、表情を失い、お人形のようだった。
異母兄(あに)・高良の死を機に、帝都の生家から「百生」に嫁ぐことに。

◆成実（なるみ）
紗恵を娶った「百生」の当主。退役軍人。優しいけれど不器用。

◆高良（たから）
紗恵の異母兄であり、成実の親友。軍部の任務中に亡くなる。

◆香純（かすみ）
成実の一番上の姉。百生の先代。

◆希与子（きよこ）
成実の許嫁だった。一族を思う気持ちが強い。

イラスト／白谷ゆう

神在片恋祈譚
百番様の花嫁御寮
ひゃくばんさまのはなよめごりょう

序

ほんのり紅く色づいた、淡雪のように可憐な花々が綻んでいる。

長い歳月を刻んだ白梅たちは、凍てつく冬風に揺れながら、ひらり、ひらり、花びらを散らしていた。

夢のように美しい梅園は、くらくらとする花の香に満ちていた。強い香りではないのに、魂の奥底に沁みるような、深く、不思議な香りだった。

紗恵は、身に纏っている花嫁衣裳を見下ろした。

金糸で梅花の織られた豪華絢爛な色打掛は、いつか紗恵が嫁ぐ日のために、と、亡き兄が仕立ててくれたものだった。

——終ぞ、兄には、花嫁姿を見せることはできなかったが。

紗恵は目を伏せてから、覚悟を決めるよう、ゆっくりと開く。

白梅に囲われた道を進むほど、今まで生きていた場所が遠ざかってゆく。

兄の帰りを待つばかりだった、苦しくとも幸福であった日々には、もう帰ることはできないのだ。

「花嫁殿」

あちらこちら咲き乱れる梅の下に、その男は佇んでいた。

恐ろしく整った顔立ちをしている。射干玉のような黒髪に、染みひとつない白い肌がよく映える。梅の花と同じ色をした薄紅の瞳が、ぞっとするほど艶やかだった。

まだ二十を過ぎたばかりだろうに、上等な仕立ての羽織袴が似合う。昔から、そのような質の良いものを身につけていた証だろう。

紗恵とは、生まれも育ちも違う、別の世界を生きていた人だ。

本来、紗恵などが手を伸ばすことは許されぬ人であることを、心に刻みつけなければならない。

紗恵はためらいがちに、けれども確かな足取りで、男の前に立った。

「ようこそ、百生に。心より、お待ち申し上げていた」

男は逞しい両の腕で、強く、紗恵を抱き寄せた。

（お兄様。これで、よろしかったの？）

胸を締めつけるような切なさに襲われて、紗恵は唇を噛んだ。

亡き異母兄の願いにより、紗恵は花嫁となった。

兄の親友であり、兄を殺したという男に嫁いだのは、紗恵が十六になった冬のことだった。

一

冬の帝都。

日の出を迎えたばかりの空に、淡雪が舞うような朝のことだった。

紗恵は、すきま風の吹き込む納屋のなか、かたく糊づけされた封筒を開ける。

送り主は、軍部に所属している異母兄、高良である。

いまは離れて暮らしている六歳上の兄は、母親の違う紗恵のことを、唯一、家族として気にかけてくれる人だった。

(嬉しい。成実様からの御手紙も入っている)

封筒には、高良からの手紙に加えて、別の人物からの手紙もあった。

百生成実。

高良の士官学校時代からの親友であり、紗恵の文通相手でもある青年だ。一度も顔を合わせたことはないが、手紙を通しての付き合いは、もうずいぶん長くなった。

成実からの手紙を開きながら、紗恵は思い出す。

(はじめて、成実様から手紙をいただいた日も、こんな冬の日だった)


数年前、高良も成実も十代の半ばで、軍部に所属する前のことである。

当時、全寮制の士官学校にいた高良は、帰省したとき、一通の手紙を持ってきた。

紗恵の掌(てのひら)に、きっちり四隅を合わせて折られた手紙が渡される。あかぎれだらけの指先で、手紙を開くと、金箔銀箔(きんぱくぎんぱく)のあしらわれた美しい紙があらわになった。

寸分のくるいもないほど、真っ直ぐ文字の並んでいる手紙だった。それも、すべての文字が力強く書かれているものだから、読みにくさもあるくらいだ。

手紙の折り方や文字を見るだけで、その性格が透けて見えるようだった。

きっと、生きづらいほど真面目(まじめ)な人だ。

「百生成実、様？」

紗恵は、手紙の末尾にある名を読みあげる。

「《神在(かみあり)》の若君だよ。僕の友人で、士官学校の同期」

高良は声を弾ませて、少年らしい笑顔を浮かべた。

楽しそうな兄の姿を見て、紗恵は安心する。

士官学校に入る前、この家にいたときの高良は、実年齢よりも大人びていた。紗恵の目には、いつも無理をしているようにも映った。

高良が年相応に笑えるようになったならば、これほど喜ばしいことはない。

「お兄様の、ご友人。百生様は……」

「成実。そう呼んであげて。訳あって、故郷を離れて、生まれた家とも距離を置いているみたいなんだ。家名を出すと不機嫌になるんだよ」

「私が、成実様、と、お呼びするのですか？　それに、この手紙は？」

「成実が書いたもの。紗恵に宛てた手紙だよ」

「私に。どうして？」

紗恵は戸惑いを隠すことができず、首を傾げてしまう。

「僕が、紗恵に手紙を書いているとき、ずいぶん興味深そうにしていたからね。成実にも、紗恵との文通を薦めたんだ」

「成実様は《神在》の生まれなのでしょう？　私では、文通の相手として、ふさわしくないと思います」

納屋に押し込められて、外の世界を知らない紗恵でも知っている。

神在とは、此の国にとって特別な一族を意味する。

彼らは、はるか昔、国生みのときに生まれた一番目から百番目までの神を始祖とし、その一柱、一柱を、今もなお所有している。

神の血を引き、神の力をふるう一族のことを、神在と呼ぶのだ。

成実は、紗恵には想像もつかないような、高貴な家に生まれた人だ。文通相手ならば、紗恵よりも適任がいるだろう。

「成実と紗恵は、きっと仲良くなれるよ。成実は、紗恵と似ているところがあるんだ。人慣れしていない猫みたいなところが」

紗恵は、ゆっくりと瞬きをする。

自分のような娘と、神の血を引く特別な人が似ているとは思えなかった。だが、高良が言うならば、似ているところもあるのかもしれない。

この家では、女主人――紗恵を産んだ人ではなく、高良や他の兄たちの母親であり、家の実権を握っている女性だ――が動物を嫌っているため、猫のような生き物には馴染みがない。

そんな家で生まれ育ったというのに、高良は、こっそり野良猫を手懐けたり、構いたがる節があった。

ひとりきりの、寂しい生き物に寄り添うことが上手な人だ。

だから、不義の子として孤立していた紗恵のことも、家族として受け入れてくれた。

(成実様も、私と同じだったのでしょうか?)

紗恵と違って、たしかな生まれでありながら、紗恵と同じように孤独だったのだろうか。

「お兄様は、よくご存じなのですね。成実様のことを」

「友人だからね。成実には、まだ秘密なんだけど。これから親友になりたい、とも思っているんだ」

紗恵の胸のうちに、あたたかなものが芽生える。

その気持ちを顔に出すことはできず、いつもどおり無表情のままだったが、高良に友人ができたことを嬉しく思う。

紗恵たちの生家は、昨今、交流が盛んになった外つ国との貿易業で、ひと儲けした家だ。強引な商売で成りあがったらしく、方々から恨みを買っている、と使用人たちが陰口を叩いていたことも知っている。

それ故、以前の高良には、家族を除いて気を許せる人がいなかった。

（お兄様の、はじめてのご友人）

紗恵は、手紙を大切に持ち直してから、そっと胸に引き寄せた。兄が大事に思う人ならば、間違いなく素敵な青年だろう。

「お返事を書きます。成実様に、お渡ししてくれますか？」

「もちろん。紗恵。僕の友人を、よろしくね」

高良はそう言って、紗恵の頭を撫でた。

その夜、紗恵は古びた納屋で、蠟燭に火を灯した。高良から譲り受けた文机に、手紙を広げて、文字をなぞってゆく。

はじめまして、高良の妹君。
名を教えてほしい。

手紙のはじめには、そう書かれていた。

（私の名前なんて、高良お兄様から聞いているはずなのに）

あらためて名を尋ねてきたのは、これからよろしく、という成実の気遣いだろう。きっと、紗恵の置かれている立場も知っているだろうに、この人は紗恵のことを見下さない。一人の人間として向き合おうとしてくれている。

（そんな風に思うのは、私の思いあがりでしょうか？　でも）

紗恵は、この真っ直ぐな文字に、期待を抱いてしまった。思えば、顔も知らない兄の友人に、このときから心を傾けはじめていたのだろう。

成実からの手紙は、不定期に、されど途絶えることなく続いた。

兄たちが士官学校を卒業し、軍部に所属してからも変わらなかった。兄を介して、ふたりは何通もの手紙を交わした。


高良の買い物に、付き合うことになった。

散々迷った末に、髪飾りのリボンの色が決まらないと嘆くので、俺が色を決めた。気に入ってもらえただろうか。


紗恵は、高良から贈られたばかりのリボンを見る。

美しい薄紅に染められたリボンだった。光沢のある生地は、なめらかで、上質な手触りをしていた。

紗恵は、リボンを髪に飾っている自分を想像して、そっと目を伏せた。

紗恵の髪は、短く、肩のあたりで切りっぱなしになっている。辛うじて結ぶことはできるが、リボンを飾るとなると、不格好になってしまうだろう。

『あの女と、よく似ている』

むかし、この家の女主人はそう言って、紗恵の髪を切った。以降も、紗恵が髪を長くすることを許さなかった。

紗恵の髪が、幼い頃に亡くなった母親と同じく、柔らかな茶色をしていたからだ。

女主人は、紗恵の母親が亡くなったあとも、その存在を憎み続けた。遺された紗恵のことも嫌っている。

女主人にとって、紗恵たち母娘は、夫の不貞の証であり、裏切りの象徴なのだ。

どれだけ夫のことを許したくとも、紗恵たちの存在があるから、いつまでも許すことができなかった。そうこうしているうちに、夫も亡くなってしまい、女主人の怒りの矛先は、紗恵にばかり向かうようになった。

（それに。リボンを飾ったところで、きっと取りあげられる）

女主人は、リボンを見つけたら、あれこれ理由をつけて取りあげるだろう。

実際、過去に高良が贈ってくれた振袖や小袖、帯などは、紗恵には不相応なものだから、と取りあげられてしまった。

何があっても紗恵の手元に戻らぬよう、何処かに売られてしまったのだろう。

紗恵は、女主人に見つからぬよう、納屋の奥にリボンを仕舞う。

高良や成実が、紗恵のためにリボンを選んでくれたことは幸せに思うが、大事に仕舞い込んで、時折、眺めるくらいが良いのだろう。

紗恵は、再び、成実からの手紙に視線を遣った。

成実の手紙には、いつも彼らの日常が綴られている。

軍部は機密も多く、外に向けた手紙には検閲も入るそうなので、当たり障りのない内容になる。だが、その当たり障りのない内容が、紗恵にとっては、これ以上なく嬉しいものだった。

何気ない日々のなか、互いに思いやり、支え合っていることが伝わってくるのだ。

高良は、妹である紗恵には弱音を吐かない。つらいことも、苦しいこともあるだろうに呑み込んでしまう。

高良の隣に、成実のような支えてくれる人がいるならば良かった。

(成実様は、本当に、お優しい人。お兄様との近況を教えてくださるだけでなく、私のことも気にかけてくださる)

成実は、紗恵の綴った拙い言葉を、丁寧に拾いあげてくれる。

月が綺麗だった。

虫の音が子守歌のようだった。

軒下にツバメが巣をつくっていた。

紗恵は、そんな些細で、子どもみたいに面白みのないことしか書けない。

生まれてこのかた家の外に出たこともなく、いつも炊事や掃除など、家の仕事に駆り出されている。女主人の不興を買うことを恐れて、使用人たちも、紗恵のことを腫れもののようにあつかうので、まともな人間関係もない。

紗恵は、相手を楽しませるような言葉を持っていない。

そんな紗恵のことを、成実は、ばかにすることはなかった。紗恵の手紙に応えるように、成実が見てきた綺麗なものを、紗恵の知らない世界のことを書いてくれた。

ものを知らない紗恵が、あれこれと外のことを尋ねたときも、呆れることなく教えてくれた。

日の出の海の美しさや、深い森の匂い、華やかな街の息づかい。

成実の手紙を通して、紗恵は自分の知らない場所に連れていってもらった気がした。

そのうえ、成実は、暑さや寒さの厳しい季節には、必ず体調を崩していないか案じてくれた。高良から聞いたのか、あかぎれだらけの紗恵の手を気遣って、効き目のよい軟膏を贈ってくれたこともあった。

血の繋がった異母兄以外にも、自分のことを気にかけてくれる人がいる。

それだけで、いつも元気が湧いてきた。

つらいことも苦しいこともあるが、我が身を悲観するばかりではなく、精一杯、今できることをしようと思った。

成実との手紙のやりとりは、兄の高良とは別のところで、紗恵のことを励ましてくれた。

むかしの思い出に浸っていた紗恵は、はっとする。つい、過去の手紙のことを思い返してしまった。

紗恵は、気を取り直して、成実からの新しい手紙を読みはじめる。

どうやら、休暇の際に、高良と出かけた話らしい。

高良と成実は、軍部に所属している今も親しくしているので、当たり前のように、手紙には兄の姿も書かれている。

高良と立ち寄った場所に、古い梅の木があった。気が早いのか、梅の季節には早いのに満開だった。

高良が、家には梅の木がないから、紗恵は梅を見たことがない、という。

もし、本当にそうならば、いつか、俺の故郷にある梅を見に行くと良い。

此の世で、いちばん美しい梅が咲いている。

成実が、自らの故郷について言及するのは、はじめてのことだった。

成実は、士官学校にいるときには、すでに故郷を出て、家族とも疎遠になっていたらしい。手紙のやりとりを通して、成実には姉がたくさんいるということは知っていたが、それくらいのことしか知らなかったのだ。

成実は、故郷や家族のことには、あまり触れないようにしている節があった。

「一緒に行こうとは、言ってくださらないのですね」

(お返事に、梅を一緒に見たい、と書いたら、成実様はお怒りになるでしょうか？　いつか、成実様と一緒に、成実様の故郷に行ってみたい)

そこまで考えて、紗恵は首を横に振った。

不相応な願いを抱いて、それが叶わぬことに傷つきたくなかった。傷つきたくないというのに、成実のことを想うと、紗恵の心は我慢が利かなくなる。

(一目で良いから、お会いしたい)

恋をしていた。誰かに話したら、きっと嘲笑われるような恋を。

会ったこともない相手に、何を期待して、片想いなどするのか。あるいは、外を知らず、狭い世界で生きていたが故の勘違い、と断じられるだろうか。

それでも、自覚してしまった恋心を止めることができなかった。

成実を好ましく思う気持ちは、手紙のやりとりが積み重なるほど、紗恵の心の深いところに根を張った。

「紗恵！」

突然の声に、紗恵は振り返った。

勢いよく、納屋の戸が開かれて、初老の女が立っていた。女主人として、家を取り仕切っている女性だ。

彼女は目を釣りあげたまま、納屋に入ってくる。

文机の前に座っていた紗恵は、慌てて、立ちあがろうとする。

しかし、紗恵が立ちあがるよりも先に、大股で近づいてきた女主人が、紗恵の頰を強く打ちつけた。

紗恵は受け身をとることができず、床に倒れ込む。

倒れた拍子に、頰の内側が切れたのか、口の中いっぱいに血の味が広がる。痛みを堪えながら、なんとか顔をあげると、繰り返し、平手が飛んできた。

「また、お人形みたいに澄ました顔をして！　母親と同じで、あたしたちのことをバカにしているんだろう？」

脈絡のない暴力と罵倒に、紗恵は、いつものことか、と納得する。

何か気に食わないことがあって、紗恵に怒りをぶつけにきたのだろう。彼女は、機嫌を悪くすると、紗恵に当たり散らす癖があった。

朝早く、まだ納屋にいるときで良かったかもしれない。日中、館で炊事や掃除をしているとき当たられると、周囲にいる使用人たちにも迷惑が掛かってしまう。

紗恵は黙って、女主人の怒りを受けとめる。

幼い頃は泣き喚いたものだが、今となっては何の反応もできない。痛みを感じても、表情は凍りついたまま動かず、身体からは力が抜けてしまう。

しばらくして、ようやく、紗恵のことを打つ手が止まった。

「なんだい、この手紙は」

女主人の視線が、文机に置かれた成実からの手紙をとらえる。彼女は眉をひそめながら、手紙に触れようとする。

「おやめください！」

ほとんど無意識のうちに、紗恵は声を張りあげていた。女主人に楯突くような言葉が、自分の口から飛び出たことに驚く。

「そんな大声を出すなんて珍しい。高良からの手紙かい？　あいかわらず、あの子を誑かして。お前は本当、悪い女だよ。母親そっくりの」

「高良お兄様は、私などに誑かされる方ではありません。私などより、よくご存じでしょう？　お兄様の母君なのですから」

「さあ、どうだか。高良は、お前みたいな不出来な異母妹のために、勝手に家を出たんだから。命の危険があるっていうのに、軍部になんて尻尾を振って」

紗恵は声を詰まらせて、うつむくことしかできなかった。

ずっと、高良に負い目を感じていた。

高良は、この家から紗恵を連れ出すために、家族の反対を押し切り、士官学校に入った。そのまま軍部に所属するという、危険な道を選んだ。

『紗恵。いつか迎えにくるから、待っていてくれる？』

外で立身出世し、誰にも文句を言わせない力を得てから、紗恵を迎えにくる。高良が家を出るとき、紗恵に約束したことだった。

「何も言えないだろう。ぜんぶ、本当のことだからね。——紗恵、泣いて喜びな。今日は、良い報せを持ってきてやったんだ。高良の手を患わせてばかりのお前に、ぴったりの縁談が決まったよ」

「……縁談？」

「お前は、顔だけは綺麗だからね。後妻にしたいっていう、ありがたい御仁があらわれたよ。よかったね。これで、高良が軍にいる理由もなくなる。高良が望んだとおり、お前はこの家から出ていくんだから！」

「お家の恥だから、私のことは外に出せない、と。そうおっしゃっていたのに？　縁談なんて、そんな」

紗恵の存在は、この家にとって醜聞のひとつだ。だから、紗恵のことを納屋に押しこめて、使用人のようにあつかってきたのではないか。

今になって、縁談など持ち込まれるとは思いもしなかった。

好きな人――成実と結ばれるなどという夢は見ていなかった。だが、いざ、彼ではない人に嫁げと言われると、心臓が凍りつくようだった。

そのとき、紗恵たちの会話を遮るよう、納屋に人影が飛びこんでくる。

「高良様が！」

歴の長い女中だった。よほど急いでいたのか、ずいぶん息があがっている。

「軍部から、高良様の訃報が届きました！」

女中は、紗恵たちを見るなり、青白い顔のまま叫んだ。

何を言われたのか理解できなかった。理解したくなかったのだ。

紗恵は、掌に爪が刺さるほど、きつく拳を握った。そうしないと、まともに意識を保っていることができなかった。

（高良お兄様が、亡くなった？）

悪い夢でも見ているのだろうか。

◇◆◇◆◇

灰色の空から、止むことのない雪が降っていた。まるで、空が嘆き悲しんでいるかのようだ。

黄昏時、その男は、紗恵たちのもとにやってきた。

真っ黒な詰襟に、曇りのない銀ボタンは、軍部の人間であることを示す。高良も同じように、この服を身にまとい、責務を果たしていたのだろう。

二十を過ぎて少し、高良と同じくらいの年頃だろう。

ぞっとするほど、美しい男だった。

このようなときでも、美しい、と感じてしまった。紗恵の気持ちなど関係なく、否応なしに叩きつけられる美しさは、夜空の月を美しいと思う気持ちと似ていた。

人ではなく、人ならざるものに感じる美しさなのだ。

「高良を連れてきた」

不遜な物言いだったが、冷たさを感じることはなかった。高良、と呼ぶ声には、確かな情が籠められていたのだ。

紗恵は、ざわめく家の人々を押しのけて、男の前まで飛び出していた。

「お兄様！」

（お兄様が亡くなったなんて、嘘。だって、いつか迎えにきてくださる、と）

外で立派になり、たしかな立場を得たら、紗恵のことを迎えにきてくれる。そう約束してくれた兄が、どうして、命を落とすのだろうか。

兄は、いつも約束を守ってくれた。

きっと、訃報は間違いで、変わらず、兄は微笑みかけてくれる。

そう信じていたかったが、現実は残酷だった。

男は、たくましい二本の腕に、黒い布に包まれた青年を抱えていた。サナギのように布に包まれており、顔だけしか見ることはできなかったが、見間違うはずがない。

高良だった。

血の気のない肌は、まるで蠟のように生白い。鬱血しているのか、ところどころ痣のようなものが浮かんでいることが、いっそう悲しみを誘った。

一目で、息を引き取っていることが分かった。

兄の脱け殻だ。兄の魂は、その身から離れて、どこかに行ってしまった。

「高良の妹か？」

男は問うた。淡い紅色をした瞳が、立ち尽くす紗恵を映している。

(私は、この人のことを知っている。お兄様を連れてきた。そう、おっしゃるのなら、きっと)

兄を連れてくるならば、彼しかいない。否、彼であってほしかった。

「成実様。百生、成実様でしょうか？」

兄の親友は、ひとつ頷くと、紗恵の前でかがみこむ。ちょうど、彼の抱えている兄の顔が、紗恵の目線と同じ高さになるように。

『紗恵』

頭のなかに、兄の声が響く。

優しく紗恵の名を呼んでくれた人の唇は、固く閉ざされたままであるのに、ひどく鮮やかな声だった。

「お兄様」

紗恵は手を伸ばして、兄の額に触れようとした。

「触れるな」

鋭い声に、紗恵は手を止める。

「……っ、申し訳、ありません」

触れてはならない。成実の言のとおりだった。

いつか迎えにくる、この家から連れ出す、と約束してくれた兄に頼りきりで、彼の重荷でしかなかった紗恵は、きっと、遺体を弔う資格すらない。

「高良は、最期まで気高い男だった。だから、高良に報いるために、お前を迎えにきた。高良から、お前のことを頼まれている」

紗恵を迎えにきた。それは、兄の代わりに、という意味か。

「何を。何を、勝手なことを！」

顔を真っ赤にした女主人が、成実と紗恵のもとへ駆け寄ってくる。

「……高良の母君か」

「そいつは、うちの女だ。うちの持ち物だ。余所者が勝手に、連れだそうなんて。ばかなことを言うんじゃないよ」

「この娘は物ではない」

「物だよ！　生きていたって仕様もないのを、ここまで育ててやったんだ。恩返しもせず、高良のことを誑（たぶら）かすだけ誑かして。許されるものか。高良は、こんな娘のために死んじまった。これが、高良を殺したんだ！」

女主人の言葉は、息子を亡くした母の悲鳴だった。腹を痛めて生んだ我が子なのだ。高良が軍にいることを不快に思っていようとも、情がなかったわけではない。

女主人の言っていることは、何ひとつ間違っていない。

（私が、高良お兄様を殺したようなもの）

紗恵がいなければ、高良は軍人となることもなかった。紗恵がいなければ、命を落とすことはなかったのだ。

「高良を殺したのは、この娘ではない」

「じゃあ、誰が！　誰が、高良を殺したって言うんだい！」

ぼろぼろと涙を流しながら、女主人は叫ぶ。

「俺が、高良を殺した。それで、ご納得いただけるか？　高良の母君」

女主人は、目を見開いて絶句する。

「お兄様を、殺した？」

紗恵が聞き返すと、成実は自嘲するように薄い唇を歪めた。

「そうだ。俺が殺した。高良の死を悼む気持ちがあるならば、ともに来い。俺を許すな。いちばん近くで、憎んで、恨んでいろ」

紗恵は、喉が引きつるのを感じた。

成実が高良のことを殺したならば、許すことはできない。怒りのまま、成実のことを詰りそうになったとき、高良の遺体が目に入った。

成実の腕のなかで、兄は眠るように瞼を閉じていた。

ところどころ鬱血して、青紫のぶちが浮かぶ様は痛ましいのに、穏やかな顔をしている。まるで、何ひとつ悔いることなどないように。

「……成実様は、お兄様の親友でしょう？　あなたが、お兄様を殺したとは思えません」

何よりも、こんなにも大事に、宝物をあつかうように兄の遺体を抱きかかえている人が、兄を殺したとは思えなかった。

「親友であることは、高良を殺さない理由にはならない」

「殺す理由にも、ならないでしょう？　私は、いま、何も知りません。知らないままでは、成実様を憎み、恨むこともできません。お兄様は、知らないことを決めつけてはいけない、と教えてくださったから」

　成実は眉間にしわを寄せた。

「実に、高良らしい言葉だ。では、俺の近くで、俺を知り、俺のことを見定めろ。花嫁殿」

「花嫁？」

「俺は、これから軍を退役し、一族のもとに戻る。当主の座を引き継ぐことになっている。お前も一緒に来るならば、相応の立場が必要だ。高良から、お前のことを頼まれている、と言っただろう？」

「さ、紗恵の嫁ぎ先は決まっているんだ！　勝手なことを言わないでくれ！」

「なるほど。では、そちらには、百生の一族から事情を説明しよう。心配するな。この家の不利益にならないよう話をつける。俺たちのような《神在》と揉めるくらいならば、快く諦めてくださるだろうよ」

　成実に気圧されて、女主人は口を噤む。

　成実は、女主人を一瞥してから、真っ直ぐ紗恵を見つめた。

「高良に、言葉を掛けてやってくれるか？　遺体は、軍部に預けることになる。ともに連れてゆくことはできないから」

高良。やはり、そう呼ぶ成実の声には、たしかな情があった。

「お兄様。私を、お兄様の妹にしてくれて、ありがとうございます」

安らかな眠りを祈ることは、きっと、紗恵には許されない。紗恵との約束を守ろうとして死んでしまった兄に、そのような言葉は掛けられなかった。

だから、紗恵は感謝を口にした。ただ一人、紗恵のことを家族として大切にしてくれた異母兄に。

「成実様。私のことを、連れていってくださいますか？」

「ああ。このような形で申し訳ないが、俺の故郷の梅を見にくると良い」

成実の故郷。此の世で、いちばん美しい梅が咲いている場所だ。

その梅を一緒に見たいと願ってから、まだ一日も経っていないというのに。その願いは、最悪の形で叶えられてしまうのだ。

異母兄の死をきっかけに、紗恵は家を出ることになった。

百生成実は、自らの花嫁とすることで、紗恵を連れ出したのだ。

二

帝都発の鉄道列車は、夜を切り裂くように走る。

生まれてはじめて乗った列車は、瞬きのうちに、紗恵のことを帝都から連れ去ってゆく。

（お兄様が迎えにきてくれるまで、何処にも行けない。そう思っていたのは、きっと、間違いだった）

これほど容易く、紗恵は遠くへ行くことができたのだ。

成実が用意した列車の席は、壁によって個室のように仕切られていた。夜遅くの発車であったせいか、列車自体の客が少なく、他の乗客の声すら聞こえない。

正面に座っている成実は、軍服を隠すように外套を羽織っていた。窓枠に肘をついて、じっと窓の外に視線を遣っている。外は真っ暗だ。紗恵には何も見えなかったが、成実には景色が見えているのだろうか。

「泣かないのか？」

ふと、成実の視線が、紗恵に向けられる。

紗恵は、両手でたしかめるよう、自らの頬に触れる。

高良の訃報が届いたときも、遺体を前にしたときも、そして今になっても、紗恵の瞳から涙が零れることはなかった。

兄の死で、あらためて思い知る。

紗恵は、どれだけの悲しみに襲われても、その気持ちを面に出すことはできない。紗恵の顔は、人形のように無表情のままで、紗恵の心と乖離していた。

「お兄様が亡くなったのに、薄情な女だ、と思われますか？」

「お前を薄情と思ったことはない。……だが、そうだな。お前は高良のことを慕っていたから、きっと、身も世もなく泣くだろう、と。無理やり連れてゆくことになるかもしれない、とは考えていた」

「あの家に残っていても、しようがないですから」

家に残ったところで、兄が迎えにきてくれることはない。ならば、兄の遺志に従い、成実とともに行くべきだ。

高良を殺したという成実の言葉が、真実であるか、判断するためにも。

「そうだな。あの家にいても、お前は不幸になるだけだ。……荷物は、それだけで良かったのか？」

紗恵は、膝のうえに置いた風呂敷を撫でる。高良や成実と交わしていた手紙と、高良から贈ってもらったリボンを包んだものだ。

「はい。成実様には申し訳ありませんが」

「何故、謝る？」

「私の荷物は、成実様にとって価値のあるものではないので」

「お前にとって価値あるものならば、それで良い。俺のことは気にするな。――あらためて、これからの話をしても構わないか？」

「……はい」

「この列車は、百生(ももせ)の治める《帰咲(かえりざき)》という土地に向かっている。帝都ほどではないが、各地との交易が盛んで、活気のある場所だ。昔からある大きな道が、いくつも交わっているうえ、近年は、列車も通るようになったからな」

「百生は、領主様の家、ということでしょうか？」

「百生の当主が、あの土地を治める領主でもある。いまは、俺の姉が、当主を務めている」

「お姉様というと。たしか二十人もいらっしゃる？」

「よく憶えているな」

「お手紙に書いてくださったことなので」

成実は、家族や故郷の話題を避ける節があったので、紗恵が知っているのは、姉の人数くらいだ。ほとんど何も知らないからこそ、強く印象に残っていたのだ。

「当主は、一番上の姉だ」

「成実様は、その一番上のお姉様から、当主の座を継がれるのですね」

高良の遺体を連れてきたとき、成実は言っていた。軍を退役したあと、一族に戻り、当主となる、と。

「ああ。お前は、当主の妻という立場になるが、心配するな。俺は、お前には何も望まない。一族の手前、俺の花嫁として迎えるが、無理強いするつもりもない」

成実の言葉には、嘘がないように思えた。

この婚姻は、おそらく仮初のものだ。

成実は、亡き兄に頼まれたから、紗恵を守ろうとした。生家に残っても、ろくな目に遭わないであろう紗恵を、自らの花嫁として連れ出してくれた。

（私が、成実様の花嫁）

傍から見たら、叶わぬ夢と思っていた少女の恋が、報われたように映るのだろうか。

だが、想いを告げて、心を通わせた結果、一緒になるわけではない。

紗恵は、この先も一生、成実への恋心を打ち明けることはできないだろう。

成実に抱いていた恋心は、兄が生きているからこそ許された気持ちだった。なればこそ、紗恵は自らの手で、この恋の息の根を止めなくてはならない。

「成実様は、御言葉のとおり、私には何も望まないのでしょう。でも、何かできることはありませんか、と、お聞きしたくなります。……成実様は、お兄様の遺体を連れてきてくださった。感謝しています。だから、成実様の力になりたいです」

成実は溜息をつく。

「恨み言ならば分かるが、まさか感謝を口にされるとは。俺は、石を投げられるつもりで、高良を連れていったというのに」

「石など投げません。無理を言って、連れてきてくださったのでしょう？」

紗恵は、兄の死について、ほとんど何も分かっていない。

だが、軍部から報せがあったことを思えば、高良が何かしらの任務に就いているとき亡くなったことは推察できる。

高良の遺体は、遺族との面会も叶わぬまま、軍部で葬られる予定だったのではないか。

それを裏づけるように、紗恵たちが一目見たあと、遺体は、門前に控えていた軍部の人間に引き渡された。

成実は、相応の無理を通して、高良の遺体を連れてきたのだ。

「無理ではなく、当然のことをしたまでだ。高良の遺体は、訳あって、遠い地で眠りにつく。その場所には、生きている人間は入ることができない」

「だから、その遠い地に送られる前に、私たちと会わせてくださったのでしょう？　ありがとうございます」

「お前は、物事を良い風に捉えすぎる癖があるらしい。高良と同じだな」

成実は、目を細めて、ほんの少しだけ口元を綻ばせた。まるで、紗恵の姿に、亡くなった高良のことを重ねるように。

「お兄様と同じなら、嬉しいです」

やはり、成実が高良を殺したとは思えない。高良のことを思い出して、こんなにも優しく笑う人が、どうして、高良の命を奪うのか。

(私は何も知らない。だから、知って、確かめないといけない)

紗恵は目を伏せて、決意を新たにする。

しかし、心とは裏腹に、百生の領地である《帰咲》に着いた途端、紗恵の身体は思うように動かなくなった。

風邪を引いているわけでもないのに、全身がだるく、熱が下がらなかった。

成実に連れられて、列車を降りたところまでは、はっきりと憶えている。

そのあと、百生の邸に案内されたようだが、記憶は途切れ途切れになっている。気づいたら、百生の邸にある客間で、寝かしつけられていたのだ。

まるで、糸が切れた操り人形のように、力が入らない。

うまく眠ることもできず、日に日に、体調は悪化していった。

成実が連れてきてくれた年嵩の女中は、ひどく心配そうに、あれこれと世話をしてくれたが、まともに応えることもできない。

生家にいたときよりも、よほど滋養のある食事を用意されているのに、空腹感もなかった。

紗恵は、吐き気を堪えながら、身体を起こそうとする。しかし、両腕に力を込めようとしても、すぐに崩れ落ちてしまった。

（こんな風に、弱っている場合ではないでしょう?）

紗恵は唇を噛む。自分の弱さも、儘ならない身体も憎らしかった。

「希与子様！　お止めください」

慌てるような女中の声が、紗恵の鼓膜を揺らす。

「どきなさい！　ここに、若様の連れてきた女がいることは分かっているのよ！」

激しい足音のあと、勢いよく、客間の戸が開かれた。

華やかな紋の振袖をまとい、髪には鼈甲の簪を挿した女だった。美しい女であったが、まなざしが鋭く、他者を寄せつけない雰囲気があった。

紗恵よりも年上、二十歳は過ぎているだろう。成実と同じ年頃だろうか。

成実とも似た顔立ちから、彼の親類であることは明らかだった。

「百生希与子」

真っ赤な紅を引いた唇で、彼女はそう名乗った。

「成実様の、姉君でしょうか？」

列車でも話にあがったが、成実には、たくさんの姉がいる。紗恵には想像もつかない人数、たしか二十人もの姉である。

「厚かましいこと。何も知らずに嫁いできたのかしら？　若様のことを誑かしたうえ、こんな礼儀知らずだなんて」

若様。おそらく成実のことを指しているのだろう。

希与子は顔をしかめて、紗恵のところまで歩いてきた。

女性にしては上背があり、体格もしっかりしている。すっと背筋も伸びており、深窓の姫君というよりは、何度も鍛えられた刀のような美しさだ。

彼女は、かがみこむのと同時、紗恵の襟首を掴みあげた。

「分家の者よ。でも、お前には、こう言った方が良いのかしら？　若様が生まれたときからの許嫁。百生の者は、百生の女を娶ることが正しい。神の血を引かぬ人間に、当主の妻が務まるはずがない。若様は、どうして、お前を妻に迎えたのかしら？」

それは、紗恵が、高良――成実にとって親友だった男の妹だからだ。

紗恵自身が求められたわけではない。高良の遺言により、成実は仕方なく、紗恵のことを花嫁として迎えた。

紗恵が何も言えずにいると、希与子は目を釣りあげた。

「お人形さんみたいに澄ました顔していないで、何か言いなさいよ。それとも、本当に、お人形さんと同じで、口が利けないのかしら？」

希与子は、紗恵の襟首を摑んだまま、無理やり身体を引っ張りあげた。あまりの息苦しさに、紗恵は苦しげに息を吐く。

「希与子。何をしている？」

鋭い声が飛んでくる。

直後、希与子の腕を叩き落としたのは、足音もなく現れた成実だった。成実は膝をついて、崩れそうになった紗恵の身体を抱きとめた。

「若様。どうして、このようなところに」

希与子が呆然とつぶやく。

「妻が体調を崩しているとき、見舞いに来てはいけないのか？」

「妻など！　こんな、帝都の成金の娘、それも不義の子という話ではありませんか。長く領地に帰らなかったばかりか、かように血迷ったことをなさるなんて！　どこまで、我らを侮辱なさるのですか！」

「俺の婚姻に口を出す権利が、お前にあるのか？　なぜ、俺の承諾もなく、俺の妻に会っている？」

成実は眉をひそめる。美貌もあいまって、わずかな表情だけでも凄みがあった。

希与子は、一瞬だけ、ばつの悪そうな顔になる。しかし、すぐさま、気を取り直したように、紗恵のことを睨みつけた。

「……っ、若様が勝手なことをなさるから悪いのです！　よりにもよって、神の血を引かぬ――神無の娘を一族に招くなど！　本家の者として、ご自覚がありませんの？　昔から好き勝手してばかりで」

「俺に不満があるならば、紗恵ではなく、俺のところに来るべきだろう」

「この娘を庇うのですか！」

「俺の家族だ。俺が、心に決めて、守ろうと思った人だ。庇うに決まっている。これ以上、妻を侮辱してくれるな。お前は良く知っているだろうが、俺は気が短い」

「こんな女が、どうして百生の一族になれましょう？　若様は、百生のことなど、どうでも良いのですね。だから、ついこの前まで、宮中とも近しい軍部に尻尾を振っていた。あなたは百生ではなく、恩知らずの宮中を選んだ裏切り者です」

「もし、俺が裏切り者であったならば、先代は、俺に跡目を譲らなかっただろう。俺が当主となることは、先代が受け入れて、お前たち分家も認めたことだ」

「……っ、認めてなど」

「ここに来たのは、お前の独断だな」

図星だったのか、希与子は肩を震わせる。

「いてもたってもいられなかったのです。先代様から、この娘に、百番様の《花枝》を与える、と、お聞きしました。百番様の御前に連れてゆく、と」

「当然だろう。この娘は、百生の一族に迎えられる。百番様に祝福していただく」

「それほど、この娘が大事なのですか？　どうか、ただの火遊び、と。そう、おっしゃってください。いまならば間に合います」

「俺は、父上と違って、妻は一人と決めている。――希与子、俺に怒っているならば、はじめから俺のところに来るべきだ。この娘に当たることは間違っている。もう話は必要ないな？」

希与子は悔しそうに唇を噛むと、客間を出ていった。

客間には、紗恵と成実の二人だけが残される。

成実は、外に出ていたのか、厚手の外套を着たままで、腰には刀を佩いていた。

どうやら、帰ってきて早々、駆けつけてくれたらしい。

成実は、紗恵から身を離すと、すっと背筋を正す。そうして、ゆっくりと、紗恵に向かって頭を下げた。

「申し訳なかった。具合の悪いところ、余計な苦労をかけた」

「か、顔をあげてください！　どうか、私になど、謝らないでください」

「一族の者が無礼を働いたのだから、当主として、俺が謝るべきことだ。あと、二度と、私になど、とは言わないでくれ。お前は、誰かに、下に見られるような存在ではない。それが、お前自身であっても不愉快だ」

「……でも」

「でも、の続きは、いらない。……体調は戻らないか？　女中から、あまり眠れず、食事もとっていない、と聞いた。それでは、治るものも治らない」

成実の強いまなざしが、紗恵を射貫く。淡い紅色をした瞳は、色だけならば柔らかであるのに、鋭く、研ぎ澄まされている。

(まるで私のことを責めているかのように)

そう思ってしまったことに、紗恵はうつむく。

手紙を通して、成実の性根は知っているつもりだ。

不器用なくらい真っ直ぐで、優しい人だ。

言葉こそ淡々としていたが、いつだって紗恵に対する思いやりがあった。紗恵のことを見下すことはなく、真正面から向き合ってくれた。

だから、いまの成実も、紗恵の体調が悪いことを責めているわけではない。

頭では分かっているというのに、意地の悪いことを思ってしまった。

「このままでは、弱りきってしまうだろう。死ぬつもりか？　俺のことを見定めるのではなかったのか？」

「申し訳、ありません」

成実は、ますます表情を険しくした。

「謝るな。……帝都からの列車では、お前の気持ちを汲んでやれず、すまなかった。お前の聞きわけの良さに甘えて、きちんと悲しませてやることもできなかった」

「きちんと、悲しむ？」

「気持ちの整理もつかぬまま、お前のことを連れてきたのは、俺に非がある。お前の心は、何ひとつ受け入れることができずにいるのに、ぜんぶ呑み込ませようとしてしまった。高良の死が、悲しいのだろう？　無理に泣けとは言わないが、己の気持ちに見ないふりをするな」

「見ないふり、など」

「見ないふりをしているから、かように弱っている。そうやって、身体よりも先に、心が死んでしまった人を、俺は知っている」

紗恵は、人形のように変わらぬ表情のまま、やっとの思いで唇を開いた。

「……っ、高良お兄様は、どこにもいない。もう戻ってきません。お兄様にとって足枷でしかなかった私には、お兄様の死を悲しむ資格もありません」

いつか、立派になって、紗恵のことを迎えにくる。そう約束してくれた兄のために、紗恵は紗恵として、自分にできることをしてきたつもりだった。

あの家の正式な娘としては認められなくとも、任された家の仕事は、完璧にこなすようにした。兄が譲ってくれた教本などを使って、少しでも学べることは学ぼうとした。

いつか、兄を支えられるように、と努力した気になっていた。

そんなものは、紗恵の自己満足でしかなかった。

紗恵がするべきは、あの家で、高良の帰りを待つことではなかった。私のことなど切り捨てて良いから、自分のために生きて、と言うべきだった。

「私がいなければ、高良お兄様は、今も生きていたでしょう？」

泣きたいのに、涙の一滴さえ流すことができない。凍りついたように、紗恵の表情は動かない。

高良は、こんな人として出来損ないの妹のために、軍部に入り、命を落とした。

「お前ではない。俺が、高良を殺した」

成実は、高良の遺体を連れてきたときと同じように、そう言った。ひどい言葉である。

真実ならば、許せるはずもなかった。

「本当に？　本当に、成実様が殺したのですか？」

高良の死に顔は、眠るように穏やかであった。とても親友に殺されたようには見えなかったのだ。

成実が、高良の遺体を丁重にあつかっていたから、なおのこと信じられなかった。

「そうだ。俺が殺した」

「どうして？」

「理由など必要か？　お前は、俺が高良を殺した、という事実だけ知っていれば良い。

――高良を殺したのは、お前ではない。だから、お前は、高良の死を悲しんでも許されるはずだ」

ひどく強引な言葉だ。理屈など二の次で、紗恵の悲しみの行き場をつくるためのものだった。

「すべての責は、俺にある。生きる力が湧かぬのならば、何のために生きているのか分からないならば、俺を憎み、いつか俺を殺すために生きろ。兄の仇だ。……生きて、元気な姿を見せてくれ」

成実の冷たい掌が、そっと、紗恵の両頰を包む。

彼は目を伏せて、紗恵の額に自らのそれを合わせてきた。長い睫毛が、どこか冷たさを感じさせる、成実の美貌に影を落とす。

(自分を殺すために生きろ。そんな、ひどい言葉を。どうして、祈るように言うのですか？)

紗恵が回復し、生きることを、成実は望んでいるのだ。

何度も交わした手紙で、紗恵の体調を心配してくれたときと同じだった。

「成実様。名前を、呼んでくださいますか？」

成実の心は、手紙を交わしていた頃と地続きになっている。紗恵の知らない、恐ろしい男ではない。

「紗恵」

柔らかな声だった。兄を殺したという口で、兄と同じくらい優しく、名を呼んでくれるのだ。

(成実様のことを信じたい。お兄様が亡くなったとき、何が起きたのか。本当のことを知りたい)

『紗恵。僕の友人を、よろしくね』

はじめて成実から手紙を貰ったとき、兄はそう言って微笑んだのだ。

あのときから死ぬまで、兄は変わることなく、成実のことを友として慕っていたはずだ。

紗恵は、ずっと手紙を交わしていた成実のことを、兄が友として心を預けた人のことを信じたかった。

◇◆◇◆◇

成実との婚儀は、冬の終わりになって、ようやく執り行われた。

紗恵が想像していたような、親族を招いての婚儀ではなかった。

成実ひとりで、親族への挨拶まわりは済ませたらしいが、しばらく臥せっていた紗恵は、一切、関わることはなかった。

成実いわく、百生の婚儀において、重要なのは、親族に対する報告ではない。

（神様に、御挨拶すること。その花枝を賜ること）

百生の一族が所有する神のもとを訪れて、花枝を賜る。そうすることで、花嫁は、正式に百生の一族に迎えられるという。

此の国では、国生みのとき、一番目から百番目までの神が生まれた。その一柱、一柱を先祖とし、今も所有している一族こそ、百生のような《神在》である。

百生の神は、梅の姿をしており、《百番様》と呼ばれる。

淡く、ほんのり紅く色づいた花が、風に揺れる。紗恵の知らなかった花の香が、胸いっぱいに広がった。

（この梅園に咲いている花は、ぜんぶ、百番様）

百生の始祖である神は、群れなす梅となっていた。

何百本とそびえる梅は、どの木を見ても、それぞれが花盛りを迎えていた。否、花盛り以外を許さぬように、最も美しい姿で咲き誇っている。

神の咲かせる花ならば、成実が手紙に書いたとおり、此の世で最も美しい梅だろう。

（一緒に梅を見たい、と。そう思っていたのは、こんな形ではなかった。でも、こんな形で叶ってしまったことが、覆すことのできない事実だから）

紗恵は、自分の姿を見下ろす。

燃えるような紅花染めの地に、金糸で梅花が織られている色打掛は、亡き兄が仕立てを依頼していたものらしい。亡くなった兄に代わって、成実が引き取ったのだという。

いつか、紗恵を花嫁となるとき、その門出を祝福するために、兄が心を砕いてくれた証だった。

花嫁姿を兄に見せる日は、永遠に失われた。

それでも、紗恵は生きて、歩いてゆかねばならない。

紗恵は瞼を閉じる。それから、覚悟を決めるように、ゆっくりと開いた。

満開の梅に囲われた道を、一歩、一歩、進んでゆく。進むほど、兄の生きていた幸福な日々には、もう帰ることができないと思い知る。

「花嫁殿」

道の先には、兄の親友だった人がいる。

背筋を伸ばし、堂々と立っている姿には、仕立ての良い羽織袴が似合う。

ぞっとするほど整った容貌は、彼の身に、神の血が流れているからだろうか。

涼やかな目元に、意志の強そうな眉、薄い唇、透けるような白い膚。

すべてがすべて、紗恵には想像もつかない特別――それこそ神様が、最も美しい形でつくったようだ。

美しく、美しいが故に、他者を寄せつけない雰囲気がある。

この梅園に咲く花と同じ色をした瞳が、紗恵の姿を映している。

その瞳を前にすると、何もかも見透かされているような気持ちになった。紗恵は、自分の覚悟が試されている、と思った。

紗恵は、身体の震えを誤魔化すよう、全身に力を入れる。真っ直ぐ、成実を見つめることはできなかったが、せめて覚悟を示すよう、彼の正面に立った。

「ようこそ、百生に。心より、お待ち申し上げていた」

成実は、紗恵のことを抱き寄せた。

亡くなった兄の親友でり、兄を殺したという男。

そして、兄が、紗恵のことを託した人でもある。

（お兄様。これで、よろしかったの？）

心の中で、兄に問うても答えが返ってくることはない。だから、紗恵は、自分の意志で、答えを出さなくてはならない。

（私は、成実様のことを信じたい）

兄が亡くなった理由を、成実の言葉の真意を知りたい。

「俺は、兄ではなく夫だから、高良の代わりにはなれない。だが、高良の分まで、必ず、お前のことを守ろう。どのような禍が顕れても、必ず」

成実は、そう言って、紗恵を抱きしめる腕に力を込めた。

たくましい腕に抱かれながら、紗恵は思う。

これほど近くにありながら、心が遠い。どのような禍からも守ると言うことで、この人は、紗恵のことを蚊帳の外に置こうとしている。

「では、成実様のことは、どなたが守ってくださるのですか？」

紗恵は、恐る恐る、成実の背中に手を伸ばした。紗恵よりもずっと鍛えられた身体は、紗恵の守りなど必要としない。

それでも、一方的に遠ざけられて、守られているだけの娘になりたくない。

成実は、そっと、紗恵の身体を離した。柔らかな拒絶だった。紗恵の手など、成実は必要としていないのだ。

「俺は強いから、誰も、俺のことなど守る必要はない」

それは、とても寂しいことではないか。

そう思ったとき、頭上から数多の花びらが舞い降りてきた。

くらくらするような梅の香りに包まれながら、紗恵は目を見開く。

しゃらり、しゃらり、と枝を揺らして、梅園の花が散る。否、散ったそばから、新しい花を咲かせていた。

まるで、永遠に、咲いては散ることを繰り返すように。

冬風に舞った花びらが、紗恵の頬をそっと撫でたとき、紗恵は、たしかに、この場所に神様は在るのだ、と感じた。

「百番様の花枝だ。きっと、お前のことを守ってくれる」

いつのまにか、紗恵の手には、美しい花のついた枝があった。

◇◆◇◆◇

百番様のもとを訪れた夜。

紗恵は、成実に連れられて、邸の敷地内にある離れ屋にやってきた。

長い年月を感じさせる邸と違って、建てられたのは、そう昔のことではないのだろう。

外つ国の建物にも着想を得ているのか。内装や間取りは、此の国に昔からあるような造りと、外つ国風の造りが混ざっている。

成実は、迷いなく廊下を進むと、とある部屋の前で足を止めた。

板敷きの部屋は、戸が開け放たれており、なかの様子がよく見える。

調度品は、鏡台に箪笥、文机くらいで、すっきりとしている。

文机には見覚えのある風呂敷があった。紗恵が、家を出るとき、むかしの手紙やリボンを包んだものだ。客間から、この部屋に移してくれたらしい。

「なかなか、お前の家との話し合いが終わらなくて、今日まで時間が必要だった。念のため、荷物の確認をしてくれるか？　足りないならば、あらためて、話をつけなくてはならない」

「……？　荷物、ですか」

「お前の荷物だ。帝都から運ばせた」

「私の荷物は、もう、あの家にはありません」

列車に乗り込んだとき持っていた荷物が、すべてだった。高良や成実と交わした手紙、高良の贈ってくれたリボン、大事なものは手に携えてきた。

「あるだろう。高良が、お前に贈ったものが」

成実は溜息をつきながら、簞笥の引き出しを開ける。

収められていたのは、見覚えのある振袖や小袖、帯などだった。

白地に流れるような熨斗、鞠、柔らかな梅の花が咲く振袖も、華やかな檜扇の帯も、その他の小袖も、紗恵のために、高良が仕立ててくれたものだ。

一度は手にしたものの、女主人に取りあげられてしまったものだった。

「とっくに、売られてしまったと思っていました」

成実は眉をひそめる。

「高良には言わなかったのか？　取りあげられた、と」

「言えませんでした。言ったら、お兄様は、きっと抗議したでしょう。でも、お兄様は、私以外の家族のことも大事に想っていらっしゃったから、そんなこと、言わせたくなかったのです」

高良は、紗恵のことを大事にしてくれたが、紗恵以外の家族にも情を持っていた。

ただでさえ、紗恵のせいで、他の家族と揉めていたのだ。家族のことで、あれ以上の負担をかけたくなかった。

「お前は優しいから、そうするしかなかったのだろうな。……だが、高良は、きっと、お前が着ている姿を見たかったはずだ。お前を想って、お前のために仕立てたものなのだから」

成実の手が、紗恵の肩に触れる。彼の手は、紗恵の羽織(はお)っている色打掛(いろうちかけ)を確かめるように、紗恵の肩から腕に移動した。

女主人に取りあげられた振袖や、他の衣に限った話ではない。

この金糸で梅花の織られた色打掛も、終(つい)ぞ、兄の前で着ることはなかった。

そのことを悲しく思う一方で、紗恵は、いま、この色打掛に勇気をもらった気がした。

紗恵を想って、紗恵のために仕立てられた衣だからこそ、兄が背中を押してくれるような気がしたのだ。

紗恵は背筋を正して、真っ直ぐ、成実を見つめる。

「成実様。お兄様が亡くなった日、何が起きたのですか？」

高良の死は奇妙なことばかりだった。

黒い布に巻かれた遺体の様子、軍部に引き渡されたことを思えば、特別な事情があったことは想像できる。

高良を殺したという、成実の言葉の裏には、紗恵の知らない何かが隠されている。

成実は、しばらく黙ってから、重たい口を開いた。

「高良が亡くなった日、俺たちは《悪(あ)しきもの》に遭遇(そうぐう)した」

存在だけならば、高良から教えられたことがあった。

「《悪しきもの》。此の国に封じ込められている禍のことですね。お兄様から、少しだけ聞いたことがあります」

悪しきもの、邪気、魔、禍、物の怪。

それは、様々な呼び名を持っている。恐ろしい化生の姿をしていることもあれば、流行病や厄災の姿をしているときもあるという。

「その禍に立ち向かうために、此の国は、神の力を借りてきた」

「神様？」

「国生みのとき、一番目から百番目までの神が生まれた、という話は、知っているだろう？　その神の一柱、一柱を始祖とし、今も所有している一族が《神在》だ。つまるところ……」

「神様が生まれたのは、《悪しきもの》に抗うため、ということでしょうか？　神在は、その神を後世に遺すため存在している」

「そのとおりだ。神によって、その力は様々であるが、突き詰めれば、すべての神は《悪しきもの》に抗うために生まれた。百番様も同じだ。百生は邪気祓いの一族。此の国に顕れる《悪しきもの》を祓ってきた」

成実の話は、神からも《悪しきもの》からも遠い場所で育ってきた紗恵には、馴染みがないものだった。いまの話だけで、すべてを理解したとは言えない。

だが、そんな中でも、ひとつだけ分かることがあった。

「お兄様の死には、神様の力がなければ抗うことのできない厄災が、関わっていたのですね」

「悪いが、これ以上は、軍の機密に触れるから教えられない。……それに、お前には《悪しきもの》に関わってほしくない。百生の事情にも巻き込みたくない。お前は弱い。力なき、俺たちが守るべき存在だから」

弱い。ともすれば侮辱にも聞こえかねない言葉であるのに、不思議と、嫌な気持ちにはならなかった。

ただ、寂しい、と感じた。

紗恵の気持ちになど気づくことなく、成実は続ける。

「俺たちの身には、神の血が流れている。《神在》とは、神の血を引かぬ者たちを守るために、神を所有し、その血を繋げてきた一族だ。お前のような人々を守ることが、一族の役目だ」

成実は、紗恵のことを一族に迎えた一方で、蚊帳の外に置こうともしていた。紗恵を守るためと言って、紗恵が踏み込むことを拒(こば)んでいる。

(私は、何も知らない。いまの私が何を言っても、きっと、成実様の心には届かない。だから、知らなくてはいけない)

成実の言うとおり、神の血を引かぬ紗恵は、弱い存在なのだろう。

だが、弱い自分であっても、弱さを理由にうつむくことはしたくない。

成実のことを信じたい。信じるためには、どれだけ成実に遠ざけられようとも、紗恵は知らなくてはならない。

成実の隠そうとしている、すべてを。

三

百番様の御前を訪れ、正式に婚儀を執り行った後。

春の陽気に、草木や生き物が目覚める頃には、成実は、ほとんど百生の邸に寄りつかなくなった。

成実がつけてくれた女中いわく、御家の役目のために、家を空けているのだという。

百生の役目とは、邪気祓い。《悪しきもの》を祓うこと。

（私は、百生のことを何も知らない。だから、まずは知るところから、はじめないと）

成実が話してくれないならば、別の人間に尋ねるしかない。

紗恵は、百生の先代——成実の長姉に、女中を通して、挨拶の伺いを立てた。

百生に嫁いでから、真っ先に挨拶するべきところ、ずいぶんな時間が経ってしまった。

そのことを思えば、紗恵が面会を希望しても叶わない可能性もあったが、意外なことに、彼女からの返事は色好いものだった。

「体調は良くなったのかしら？」

「はい。ご迷惑をおかけして、申し訳ございません。また、挨拶が遅れてしまったこと、お詫び申し上げます。紗恵、と申します。先代様」

成実の一番上の姉であり、百生の先代であった香純という女性は、目を細めて、優しく微笑んだ。

少なく見積もっても、四十は過ぎているだろう。目元には優しげな笑いじわがあり、綺麗に伸ばされた髪も、真っ黒というより薄灰色だ。

姉というが、成実とは、親子ほども歳が離れているように見えた。

顔立ちは、成実と似ているが、年齢を重ねたからこその落ちつきがあった。抜き身の刀のような成実と違って、柔らかな印象を受けるのだ。彼女を前にしたら、どのような人間も警戒を解いてしまうだろう。

「臥せっていると聞いてから、ずっと心配していたのよ。お顔を見ることができて嬉しいわ。百生の一族は、あなたのことを歓迎しているの」

「歓迎、ですか？」

「そうよ。嬉しくない？」

「そのように言っていただけるのは、とても嬉しく思います。ですが、成実様には、私よりも、ふさわしい方がいらっしゃったのでしょう？」

紗恵の生家は裕福であるが、紗恵は不義の子であり、家系図に載っているかも怪しい娘だ。紗恵を娶ったところで、百生に利はなかった。

そもそも、紗恵のような神の血を引かぬ娘は、成実の花嫁として釣り合わない。

（希与子様。成実様の花嫁として望まれていたのは、きっと彼女のような人だった）

百生希与子。紗恵が臥せっているとき現れた美女が、本来、成実の妻となる人だったのではないか。

「成実が選んだ娘こそ、いまの百生にふさわしい花嫁よ。あなたには、本当に感謝しているの。成実は、二度と、百生には戻らないと思っていたから」

「成実様が、軍部に所属していたから、でしょうか？」

成実は、故郷と家を離れて、士官学校に入り、そのまま軍部に所属した。

紗恵との手紙でも、ほとんど故郷や家族について触れなかったことを思えば、当時、百生に戻るつもりはなかったのだろう。

「二度と家の敷居を跨ぐことはない、という覚悟を持って、あの子は出ていったの。そうであったのに、あなたを娶るために、一族に戻ってきた。あれほど拒んでいた《神在》としての立場を求めた。――ただの軍人ではなく《神在》の当主であったから、あなたの縁談をなかったことにもできたのよ」

成実が、軍を退役し、百生の一族に戻って当主となることを決めたのは、高良が死んだ直後なのだろう。

軍を退役することも、一族を継ぐことも、どちらも限られた時間のなかで、決断するしかなかったはずだ。

成実は、紗恵を娶るために、そうするしかないと分かっていたのだ。

そのうえ、紗恵には、すでに別の縁談も纏まっていた。縁談をなかったことにするためにも、紗恵の知らないところで苦労があったはずだ。

あのときの紗恵は自分のことばかりで、成実を思いやることができなかったが、成実は成実で大変な局面にいたのだ。

きっと、その大変な局面は、いまも続いている。

「成実様が、邪気祓いのために邸を空けられているのは、私のことを妻に迎えたからですか？」

「それも理由のひとつね。あの子、張り切っているみたいよ。早く、一族の中で、盤石の地位を築きたいのでしょう。あの子は分かっている。自分が侮られると、あなたにも影響がある、と」

やはり、成実が邸に居着くことなく、いつも邪気祓いに向かっているのは、紗恵を娶ったことにも理由があったのだ。

成実は、邪気祓いに向かうことで、一族に対して、自らの有用性を示している。

当主として相応しいことを証明するためには、百生の一族が背負っている役目を果たすことが、いちばんの近道と考えている。

邪気祓いを通して、当主の妻という立場にある紗恵をも、守ろうとしている。

「先代様に、お願いがあります。私に、百生の御役目について、教えていただけませんか？」

成実が望んでいなくとも、紗恵は百生のことを知りたかった。

「百生が、代々、邪気祓いを担ってきたという話は、知っているのよね？」

「はい。《悪しきもの》を、百番様の力をお借りして、祓ってきた、と」

「そうよ。百番様の花枝を炉に溶かし、鍛えた刀をもって、邪気――《悪しきもの》を祓っているの」

紗恵の脳裏に、成実が腰に佩いている刀が浮かんだ。

あの刀は、神様の力の宿った、邪気祓いのための特別な刀なのだ。

「あの刀があれば、誰でも、邪気を祓うことができるのですか？」

香純は目を丸くしてから、くすくすと笑った。

「神の血を引かぬ方々は、そのように考えるのね。答えは、いいえ、よ。百番様の血筋だけが、百番様の力を宿した刀を使い、邪気を祓うことができるの。だから、百生に生まれた者は、生まれたときから邪気祓いとしての役目を背負う。邪気祓い以外には、なり得ない。私たちは、神の血を引く者として、《悪しきもの》を祓わなくてはならない。力をもって生まれたからには、力なき人々を守らなくては」

香純のまなざしは、凪(な)いだ海のようだった。彼女が、そのような目をするまでに、おそらく、数えきれないほどの葛藤(かっとう)があっただろう。

「一度は、その役目を捨てた成実様に、お怒りですか？」

「もちろん、怒りもあった。でも、仕方ないこと、とも思っていたのよ。あの子が、御役目から逃げたい、と思う気持ちは、私たちが期待をかけてしまったせいだから。あの子だけが、此(こ)の家にとって正しいの」

「正しい、ですか？」

「百生にとっての正しいとは、邪気祓いとして恵まれていること、強い力を持っていること。……私と成実は、歳が離れているでしょう？　母親が違うの。私だけではないわ。あの子の姉は、私を含めて十九人いるけれど、皆、母親が違う。誰ひとり同じ女から生まれていない」

「お姉様が、たくさんいらっしゃることは、存じております。皆様、お母様が違ったのですね」

はじめて、成実から姉の話を教えられたとき、人数の多さに驚いたが、母親が違うならば奇妙ではない。

（でも。お姉様たちの人数が違う？　成実様は、お姉様が、二十人いる、とおっしゃっていたはず）

紗恵の戸惑いに気づかず、香純は話を続ける。

「亡き父は、一族のすすめで、たくさんの妻を迎えた。邪気祓いの血を絶やさぬために。そうまでしたのに、生まれた子どもたちのなかで、特別、力の強い子どもは成実だけだった。ひどい話でしょう？　たくさんの妻を不幸にして、子どもたちを傷つけた結果が、たった一人の正しい子どもだけ」

香純は遠くを見つめた。記憶にいる亡き父を、その目に捉えるかのように。

「人の命に、正しいも間違っているも、あるのでしょうか？」

「お優しいことを言うのね。あなた自身が、誰よりも分かっているのではなくて？　不義の子、道ならぬ娘、そんな風に言われ続けてきたでしょうに」

「はい。でも、こんな私のことも、大事にして、優しくしてくれた人たちがいます。だから、どれだけ間違っていると思っても、間違っている、と口にしてはいけない。いまは、そう思います」

「優しくしてくれたのは、亡くなった兄君かしら？」

「兄だけではなく、成実様も、です」

「あの言葉足らずを、優しい、と言ってくださるのね。今だって、妻として迎えたくせに、あなたを一人にして、家を空けているのに」

「それも、私のために、心を砕いてくださった結果でしょう。成実様は、昔から、お優しい人です」

「あなたの兄君は、成実のご友人だものね。昔から面識があったのかしら？」

「お会いしたのは、兄が亡くなったあとのことでした。でも、ずっと、手紙を交わしていました」

「まあ。可愛いらしい、やりとり。あの子、手紙など、めったに寄越さなかったのに。あなたには別だったのね」

紗恵は意外に思う。

成実は士官学校や軍にいたので、頻繁にやりとりすることはできなかったが、いつも丁寧な返事を書いてくれた。

香純の言うような筆無精という印象はなかったのだ。

「あの。成実様に、お手紙を書いても、よろしいでしょうか？」

「そうよね、会えないのならば、べつの形で、言葉を交わすしかないもの。お手紙も良いと思うわ。成実に届けたいなら、あなたについている女中に言いなさい。話を通しておきましょう」

「成実様の、ご負担にならないでしょうか？」

「ふふ。あなたの手紙が負担になるならば、最初から邪気祓い(じゃきばらい)になど向いていないでしょうね。大丈夫よ、手紙を送るくらい。……紗恵さん、成実のことを、よろしくお願いします。百生の人間は、どうしても一族の側に立ってしまう。本当の意味で、成実の味方になることはできないから」

香純は、まるで何かを諦めるように、そう零(こぼ)した。

◇◆◇◆◇

紗恵が、先代のところから離れ屋に戻ると、ちょうど女中たちが、何かを運び入れるところだった。

「紗恵様。お戻りになったのですね。成実様から、紗恵様に、と預かっております。ご覧になってください」

板敷きの部屋に、次々と運び込まれたのは、衣や帯、髪飾りや櫛(くし)などだった。女中たちは、楽しそうに、あれこれと広げるが、紗恵は目が回りそうだった。

「成実様は、どうして」

「どうして、などと、おっしゃらないでください。紗恵様が喜んでくださるように、いろいろお選びになったのでしょう。小さい頃は、ほんとうに朴念仁で、女心など何もお分かりにならない方でしたのに。御立派になって」

年嵩の女中は、成実の幼少期を知っているのか、そのようなことを言いはじめる。

「こんな高価なもの、私の身に余ります」

「成実様は、身に余る、とは思っていらっしゃらないのでしょう。きっと、お似合いになりますよ。これは燕でしょうか？　春の鳥ですものね」

女中の言っている燕は、見るからに上等な色留袖の紋だった。

あざやかな春の花々と合わせて織り出された燕は、優美に飛んでいたり、花びらに寄り添うよう羽を休めている。

染めているのではなく、花も燕も、おそらく織り出している。

その手間暇を考えて、紗恵は青ざめる。恐ろしいほど、高い値がつくものではないのか。

とても、紗恵などが身にまとえる代物ではない。

（どうしよう。ああ、でも。とにかく、成実様のお手紙に、御礼を書かないと）

紗恵には不相応と思うが、返します、と言って返せるものでもないだろう。

成実からの贈り物を、女中たちと確かめていたら、すっかり日が暮れてしまった。紗恵は、文机の前で墨を磨りながら、気持ちを落ちつかせようとする。

贈り物の数々は、女中たちに頼み、綺麗に仕舞ってもらった。きっと、二度と取り出すことはないだろう。

成実が贈り物をしてくれたのは、おそらく、紗恵が侮られないためだ。

成実が邸を空けている間も、一族の人間に不信感を抱かせないために、わざわざ贈り物をしたに違いない。

形だけでも、紗恵を大事にしている姿勢を見せる必要があったのだろう。

そうでなければ、あの贈り物の数々は納得できない。明らかに、紗恵には不釣り合いなものばかりだった。

(成実様は、もしかして、私が身につけないことも分かっていらっしゃるのかも。私が手をつけずにいれば、そのまま、私のあと、成実様の本当の妻になる方のものになるから)

紗恵たちは、まことの夫婦ではない。

婚儀の夜ですら、二人の間には何もなかった。

成実は、紗恵を守るために、妻に迎えてくれただけだった。

だが、それも、この先ずっと、ということはないだろう。

成実は、ある程度、紗恵が一人で生きてゆけるようになったら、きっと、紗恵のことを手放す。

紗恵は紗恵で、成実の真意や、兄の死について知ることができれば、そのあとに待っているのは別れであると知っていた。

間違っても、成実の妻になれたことを喜んではいけない。兄の死によって叶えられた恋であり、成実に無理をさせた結果なのだから。

それなのに、紗恵は、いまだに成実への恋心を殺せずにいる。

限られた時間であっても、成実の妻となれたことを嬉しく思っている。嬉しく思ってしまった時点で、どうしようもない女だった。

自分には不相応、自分の次に妻になる方のためのもの、と思っているくせに、成実が贈り物をしてくれた――自分を気に掛けてくれた、と胸が高鳴っている。

紗恵の恋心は、ちっとも紗恵の言うことを聞いてくれない。

紗恵は溜息をついて、筆をとった。

成実が邪気祓いで家を空けて、顔を合わせることができないならば、手紙を通して向き合おうと考えていた。それは贈り物のことを知る前、先代と話しているときには、決めていたことだ。

その手紙に、贈り物の礼を書くことは悪いことではない。

紗恵は自分に言い聞かせながら、成実への手紙を認めた。

結局、一晩中かかってしまったが、書きあげることはできた。紗恵は、さっそく、邪気祓いに向かっている成実に送るよう、女中に頼んだ。

成実は、紗恵からの手紙を無視することはなかった。しばらく時間はかかったものの、紗恵のもとに返事が届けられた。

紗恵を気遣い、近況を尋ねるような文言が並ぶ。

そのあと、紗恵に対する贈り物についても触れられていた。

色留袖は、気に入ってもらえただろうか。

むかし、燕のことを、手紙に書いてくれたことがあっただろう。花絲の街で、あの紋を見たとき、紗恵のことを思い出した。

俺は、織物のことに詳しくないが、あの色留袖は、きっと紗恵に似合うと思った。

紗恵は《花絲》という地名に、絶句する。

世間知らずの紗恵でも知っている。織物の街として、古くから、国中に名を馳せている土地だった。

あの土地で売られていたならば、やはり紗恵には想像もつかないほど高価なものだ。

（燕の話、憶えていてくださったのですね）

たしかに、軒先に燕が巣をつくったという話を、手紙に書いたことがあった。

可愛らしい雛鳥が巣立ったとき、心動かされて、小さな子どもみたいな感想を、手紙に書き連ねた覚えがある。

そんな些細なことを、成実は忘れず、憶えていてくれた。

そのまま、成実からの手紙を読んでいく。

成実への手紙では、百生の生業や兄の死についても尋ねたのだが、残念ながら、そのことについては全く触れられていない。

根気よく、繰り返し、尋ねるしかないのだろう。

その間に、紗恵は紗恵で、成実以外からも何か聞くことはできないか、動くしかない。

（もっと、いろんな人から百生のことを聞きたい。先代様からは、お話を聞いた。次は、成実様の許嫁であったという方に、もう一度、お会いしたい。希与子様）

紗恵が臥せっているとき、訪ねてきた女性だ。

あのときと違って、体調が回復した今ならば、彼女と話をすることもできるだろう。彼女ならば、成実が口を噤(つぐ)んだことも、おそらく話してくれる。

(それに、きちんと、ご説明しないといけない。私は、成実様の本当の妻ではなく、ほんの一時、妻として迎えてもらっているだけ。ずっと、成実様の妻として居座るつもりはない。身の程は弁(わきま)えていることを、お伝えしないと)

紗恵は、成実への手紙に、希与子に会いたい旨(むね)も書いた。

しばらくして、再び、成実からの手紙が届く。いまは遠方にいるらしく、返事が届くまで、かなりの日数を要した。

希与子に会いたいという話だが、できれば控えてほしい。

希与子は、あのとき、俺に対する不満を、わざと紗恵にぶつけた。

お前は怒らなかったが、本来ならば、怒っても良いことだ。

理不尽なあつかいをされたら、傷ついた、と声をあげてくれ。

俺は、気の利(き)く男ではないから、お前の気持ちを知らぬまま、お前につらい思いをさせることが怖い。

成実は、紗恵のことを心配してくれているらしい。

（やっぱり。成実様は、手紙を交わしていた頃から変わっていない）

紗恵は、成実の手紙の文字をなぞりながら、自分の心に問いかける。

希与子に対して怒りはなかった。彼女に責め立てられたときも、驚きはしたが、理由には納得していた。

（希与子様は、成実様の許嫁だった。それなら、あのように言うことも納得できる。……申し訳なく思うのは、私のせいで、成実様まで悪く言われたこと）

だから、紗恵は正直に、そのことを手紙に書く。

何故、申し訳なく思うのか分からない。お前を妻に迎えたのは、俺の我儘（わがまま）だ。俺が何を言われたとしても、お前に責任があることではない。

希与子の言っている許嫁などということも、古い連中が、勝手に言っていたことだ。正式に取り決めがされていたわけではない。

高良の妹に、不義理をさせないでくれ。

成実の気遣いは嬉しいが、やはり、紗恵は成実の妻としては相応（ふさわ）しくない。

どれだけ、成実が優しくしてくれようとも、それが兄に対する義理であることを忘れてはいけない。

そもそも、この婚姻自体、紗恵を守るための仮初(かりそめ)のものだ。

分かっている。時期が来たら、紗恵は、成実の妻の座を譲(ゆず)らなくてはならない。そうするべきだと思っている。

(希与子様とのお話は、そういう意味でも、きっと大事だから。ちゃんとお話しできなかったから、お話しする機会がほしい)

紗恵は、もう一度、希与子に会いたいという旨を書いて、手紙を出した。

紗恵の手紙に根負けしたのか。

希与子に会うならば、本邸の書庫だ。

希与子は、よほどのことがなければ、務めのため、あの場所にいる。

書庫は、一族が祓ってきた《悪(あ)しきもの》にかかわる記録を編纂(へんさん)している場所で、希与子は、それに携(たずさ)わっている。

俺は、しばらく邸に戻れない。付き添ってやれないが、希与子には話を通しておこう。

◇◆◇◆◇

燃えるような夕焼けが、薄暗い書庫に差し込んでいる。

古びた紙の匂いと、墨の匂いに満たされた場所は、どこもかしこも書物で溢れていた。それなりの法則性を持っているのだろうが、紗恵には、雑然として見える。

書庫の奥にある文机には、きっちり髪を結わえた女性がいる。艶やかな黒髪には、はじめてあったときと同じ鼈甲の簪が挿してあった。

百生希与子は、墨を磨っていた手を止めて、溜息をつく。

「何の用かしら？」

「お話に参りました。以前は、きちんとお話しできなかったので」

「ああ。若様からの言伝、本当だったの？　会いたい、なんて。お話なら、あなたが臥せっていたときに終わっているでしょう？」

希与子はそう言って、紗恵を睨みつける。

「あのとき、お話ししたのは、私ではなく成実様でした。だから、私と希与子様のお話は、まだ終わっていません」

「成実様、成実様。嫌ね。みんな若様のことばかり」

希与子は、当てつけのように、成実のことを《若様》と呼ぶ。成実が当主であることを、認めないように。

「成実様は、当主です。若様ではありません」

「当主？　一度は御役目から逃げた卑怯者でしょう。勝手に家を出た男が、勝手に帰ってきて当主となるなど、許せるはずないでしょう。そんなものが百生を背負うなんて」

希与子は声を荒らげて、成実のことを非難した。彼女の様子に、紗恵は、あることに気づいた。

（もしかして。希与子様が、こだわっているのは、私のことではなく、成実様のことなの？　成実様が当主となったことが許せない。成実様に怒っているのでしょうか？）

「希与子様は、百生の一族のことを、大事に思われているのですね」

「当たり前でしょう！　神在として、特別な御役目を果たす。それが生まれた意味であり、生きる理由よ。百生の者は邪気祓いにしかなりえない。若様は、あんなに正しかった――邪気祓いの力に恵まれていたのに、道を踏み外したの。他の何かになりたいと思うなんて、神無にまぎれて生きようとしたなんて、間違いを起こした」

希与子は、百生という一族に生まれたことを誇りに思っている。そして、一族のために、身を粉にして働く覚悟があるのだ。

成実への反発も、百生という一族を思うが故だった。

外から嫁いできた紗恵は、口が裂けても、彼女の覚悟を分かっているなどと言ってはいけない。

「私は、百生のために、と言われても、分からないことが多いです。これから知りたいと思いますが、きっと、希与子様たちからすれば、何も知らない余所者でしょう」

「そうよ。余所者に、簡単に分かる、などと言われたくないわ」

「はい。分かりません。だから、いまの私は、百生のためではなく、成実様のためにできることをしたいと思います」

兄を殺したという成実の言葉の真意が分かるまで、すべて打ち明けてもらえる日まで、成実の力となれるよう努力したい。

「成実様のため？」

「成実様の力になることが、巡り巡って、希与子様の大事に思っている《百生》を守ることにも繋がったら嬉しく思います」

「……意味が分からないわ。若様は、百生の男よ。だから、若様のために何かをするなら、それは百生のために何かをすることと同じでしょう？」

「私は、百生の当主としての成実様のことを、ほとんど知りません。だから、同じとは思えないのかもしれません」

はじめて成実のことを知ったときも、手紙を交わしていたときも、紗恵にとっての成実は、ひとりの青年だった。神在という生まれであることは知っていても、世間知らずの紗恵は、彼の生まれがどういったものか実感がなかった。

生きづらいほど真面目（まじめ）で、優しい男の人としか思えなかったのだ。

取り繕（つくろ）うということを知らない人だから、成実が手紙に書いてくれた言葉は、いつだって真っ直ぐ、紗恵の心に届いた。

成実が、紗恵のことを、ひとりの人間として尊重し、対等にあつかってくれたから、紗恵の心に届いたのだ。

「変わった子。お前は、若様のことを、ただの男として見ているの？」

「希与子様は、違うのですか？」

「若様ではない男が、若様の立場にあったとしても構わない。誰であろうと同じよ。一族のために、何の疑問も持たずに嫁いだでしょう。大切なのは、一族としての務めを果たすことだもの」

「そこに、希与子様の心は？」

希与子は目を丸くする。

「お前、そんな無表情のくせに、心、なんて口にするのね。おかしなこと。心など必要ない。邪気祓いとしての才覚がなかったこの身が、一族のためにできることは少ない。その少ないことを果たすだけよ」

希与子は、まるで、自分のことを道具のように語る。

彼女は、生まれてから今に至るまで、そのようにして生きてきたのだろう。自分自身のことを、一族を繁栄させるための道具と思ってきた。

そうすることが、彼女の矜持だったのかもしれない。

希与子は、女性にしては体格が良い。彼女自身が、日々、身体を鍛えているからだろう。邪気祓いとしての才覚はないと知りながら、戦いの場に出されることはないと分かっていながらも、彼女は戦う自分を諦めきれなかったのだ。

紗恵は、背筋を伸ばしてから、希与子の手を握った。

この手も同じだった。彼女が一族のために生きてきた証だ。

日焼けを知らぬ真っ白な指は、節くれ立って、大きな胼胝ができていた。

書庫は、邪気祓いの記録を編纂する場所だという。紗恵が嫁ぐ前から、希与子は、この場所で筆を執ってきたのだ。

「馴れ馴れしいわ」

「申し訳ありません。でも、こうしたら、きっと、希与子様の心は寒くない。そう思ったのです」

希与子の瞳から、大粒の涙が流れた。

紗恵は、その涙を見なかったことにした。どのような慰めの言葉も、彼女のことを傷つけてしまうだろう。

「成実様は、ずるい。一族を飛び出して、勝手に生きていたくせに、自分を好きになって、大事にしてくれる女まで手に入れた。ぜんぶ、ぜんぶ持っているじゃない」

「き、希与子様？」

「今さら取り繕わないでよ。成実様のことが好きなのでしょう？　お前と違って、成実様のことなんて大嫌い。本家に生まれて、邪気祓いの力を持っていたのに。何ひとつ恥じることなく、ここで生きてゆくことができたのに！　一族の外に出た。あんな男、ずっと大嫌いだった」

希与子は吐き捨てる。自分が欲しくて、欲しくて堪らなかった力を持って生まれた男が、此の世で一番憎らしかった、と。

紗恵は目を伏せる。

成実が一族の外に出ることなく、この地で生きていたならば、成実と紗恵の道は交わらなかった。

愛する兄も、成実という生涯の友を得ることはなかった。

だから、紗恵は、希与子の想いに賛同することはできない。成実に出逢わなかった人生は、紗恵も、そして兄も、不幸であったろう。

ひとしきり泣いた後、希与子は姿勢を正した。泣きはらした真っ赤な目で、じっと、紗恵のことを見つめてくる。

「悪かったわ」

「……？　何が、でしょうか？」

「はじめて会ったとき、お前に当たり散らした。お前は何も悪くないのに、お前が弱そうだから当たった。申し訳なく思っている」

希与子はそう言って、深々と頭を下げた。

「か、顔をあげてください。あの、お気になさらず」

希与子は、渋々と言った様子で、顔をあげる。しかめ面だったが、紗恵を責めているというより、彼女自身を責めているようだった。

「気にしなさい。お前のように弱い者たちを守ることが、百生の御役目なのに。身勝手な怒りをぶつけた。だから、この先も、ぜったい許さないで。もし、また間違ったことをしたら、言葉で示しなさい。お前の言葉なら、きちんと聞くから」

「私の言葉よりも、成実様の言葉を……」

「嫌よ。守るべき、弱い、お前の言葉こそ、いちばん効く」

弱い。ともすれば、侮辱（ぶじょく）とも取られかねない言葉であるのに、紗恵は、自分が侮辱されているとは思わなかった。

成実に、そう言われたときも同じだった。

（百生の人たちが、本当に、力なき人々を守っているからかもしれない）

悪（あ）しきもの――神の血を引かぬ人々には抗うことのできない厄災（やくさい）に、代わりとなって、立ち向かっている。

そのような立場にあるからこそ、弱いと言われても、怒りは湧かない。

（でも、やっぱり寂しい、と思います。守られているばかりで、なんの力にもなれないことは）

「私に、何かできることはありませんか？　弱いのは本当です。でも、何も力になれないことは、ずっと蚊帳（かや）の外に置かれることは、寂しいです」

「寂しい。そう、寂しいの？　そんなことを言う人、はじめてよ」

希与子は目を丸くしてから、鈴の鳴るような声で笑った。

「寂しいから、知りたい、と思っています。百生のことも、成実様の心も」

「成実様の心など、分かりきっているでしょう？　お前のことが大事なのよ。そうでなければ、百番様の御前には連れてゆかない。百番様の花枝を賜ったのでしょう？　お前が特別である証よ」

紗恵は、夢のように美しい梅園で賜った花枝を思い出す。

離れ屋に飾っている花枝は、土も水も与えていないというのに、枯れることなく咲き続けていた。

「あれは、百生に嫁いだ人たち、皆が賜るのでは？」

「いいえ。成実様や姉君たちの父親は、たくさん迎えた妻のことを、誰ひとり、百番様の御前には連れていかなかったもの」

「成実様の、お母様も？」

「そうよ。だからこそ、成実様は、お前に確かな立場を与えたかったのでしょう。自分の母親と同じ日陰者にはしたくなかったの。それだけ、お前のことが大事なのよ。良かったね、ベタ惚れよ」

「……いいえ。成実様は、ほんの一時、私を憐れみ、妻に迎えてくださっているだけなのです。身の程は弁えているつもりです」

紗恵たちは、形ばかりの夫婦なのだ。

婚儀のため百番様の御前を訪ねた夜ですら、二人の間には何もなかった。

「行きすぎた謙遜は、厭みと同じよ。ずいぶん自信のないことを言うのね。成実様の妻として、大きな顔をしたら良いのに」

「大きい顔などできません。成実様は、私が友人の妹だから、優しくしてくださっているだけですから」

「ああ。お前の兄、成実様の友人だったのよね？　成実様の同僚でしょう、軍部にいらっしゃった頃の」

「ご存じだったのですね。兄は、成実様とは士官学校からの付き合いで、軍部に所属してからも親しくしていたみたいです」

「たしか、亡くなったのよね」

「《悪しきもの》に遭遇したそうです。……そして、成実様は、兄を殺した、と」

成実は口を閉ざしているが、当時、《悪しきもの》にまつわる恐ろしい出来事があったのだ。兄の遺体が、軍部を通して、遠い地に送られた理由も、その恐ろしい出来事にあるはずだ。

「その件なら、記録にあるはずよ。百生は、祓った《悪しきもの》について、記録を残すことになっている。成実様は、当時は軍部にいらっしゃったけれども、百生に戻ってから記録を残しているわ。見せてあげる」

「希与子様！　ありがとうございます」

「礼は要らないわ。成実様は気を悪くするかもしれないけど、お前にも知る権利くらいあるでしょう。大事なお兄様が亡くなった理由なのだから」

希与子は、書庫に積みあげられた数多の書物から、目的のものを持ってくる。慣れた様子から、邪気祓いの記録について、どこに、どのような記述がされているのか理解していることが見て取れた。

希与子は、正しく、邪気祓いの記録の管理人であるのだろう。

四つ目綴じのされた冊子を開いて、該当する箇所を指さす動きには迷いがなかった。

「枯骨峠の化け水鏡」

紗恵は、希与子が指さした文字を読みあげる。

口にしたとき、まるで心臓を握り潰されたような切なさに襲われた。高良が命を落としたことに関わっているであろう《悪しきもの》の名だ。

「帝都の生まれにとって、有名な地名なのかしら？　枯骨峠は」

「枯骨峠は、帝都の近くにある山のことです。帝都で生まれ育った人間ならば、近づいてはならない、と教えられる場所。そう、お兄様から聞いたことがあります。おそらく、昔、何かしらの不幸があって、不吉な名前をつけられたのだと思います」

そして、不幸があったのは、さほど昔の話ではないのだろう。

近づいてはならないという話は、人々の記憶が風化していない証だ。少なくとも、人から人へ、不幸があったことが言い伝えられるほどには近い時代の話なのだ。

希与子は唇を歪める。

「不幸があった、人死にがあった。そういった言葉には、《悪しきもの》が関わっていることがあるのよ。《悪しきもの》は百の姿を持つ、なんて言われるの。実際に百の姿があるのではなく、それだけたくさんの姿かたちを持っている、という意味ね」

希与子の言うとおりならば、《悪しきもの》とは、紗恵が思っているよりも、ずっと日々の営みの近くに在るのだろう。紗恵が知らなかっただけで、此の国では、絶えず、《悪しきもの》による不幸が起きている。

「成実様とお兄様は、どうして、枯骨峠に？」

「それは軍部の機密なのでしょう。成実様も、その日、枯骨峠に向かった理由は記していない。書かれているのは、そこに顕れた《悪しきもの》についてのみ」

希与子は、そのまま文字を指でなぞった。

(成実様の字だ)

希与子が開いたところには、兄の命日にあたる日付と、その命を奪ったであろう《悪しきもの》について記されていた。

紗恵が目で文字を追っているのと同時、希与子は話しはじめる。

「これは、邪気祓いをしたあと、分かったみたいだけど。ここ数年、枯骨峠では行方不明者が出ていたそうよ」

「数年。その、誰も騒がなかったのでしょうか？」

「残念ながら、世の中には、行方を晦ませても騒ぎにならない人間がいるのよ。寂しいことだけれども」

「……それは、分かります」

高良と出逢う前の紗恵が、まさしく、そのような存在だった。

幼い頃、高良と出逢わなければ、誰にも顧みられることなく納屋で凍え死んでいた。当時、紗恵が死んだとしても、騒ぎにはならなかっただろう。

「行方不明となった者たちは、とある噂を知り、枯骨峠に向かっていた。その噂は、ひっそりと帝都に根を張っていた」

「うわさ？」

「愛する人に、もう一度、会える。そんな噂よ。だから、近づいてはならない、という言い伝えを破ってでも、その場所に足を踏み入れた者たちがいた。そうして、《悪しきもの》の犠牲になっていたのでしょう」

愛する人に、もう一度、会える。

なんと魅力的な言葉だろうか。

理由あって生き別れてしまった人とも、とうに亡くなった人とも、その場所に向かえば会えるかもしれない。

藁にもすがる気持ちで、枯骨峠に向かった人々がいたことは、容易に想像できる。

(私も同じ。もう一度、高良お兄様に会える。何も知らなかった頃なら、きっと、その場所に向かった)

「成実様は、お兄様を殺した、と言いました。でも、お兄様が亡くなった理由に、《枯骨峠の化け水鏡》が関わっているなら、それは違うと思います」

「記録には、《化け水鏡》を祓ったことは書かれていても、お前の兄の死因までは書かれていない。お前の兄の存在に、不自然なほど触れていないのよ」

「成実様は、意図的に、そのように書かれたのだと思います。本来ならば、百生の人々の記録には、そのとき亡くなった人のことも書くのではありませんか？」

「そのとき命を落とした被害者も、どのような死に方だったのかも記す決まりよ。成実様には、その決まりを破ってまで、隠したいことがあったのね。あるいは、本当に、成実様が殺したのかもしれない」

高良の死因が、成実による殺害であったならば、そもそも記す必要はない。成実が殺したならば、それは《悪(あ)しきもの》による死ではないのだから。

紗恵は首を横に振った。

「いいえ。私は、成実様が、お兄様を殺したとは思いません。だから、本当のことを知りたい。そうしないと、私は、いつまでも成実様と向き合うことができません」

「向き合って、どうするの？　それで何が変わるの？　お前が納得したいだけの、自己満足ではなくて？　いま、お前の兄の死を引っ掻(か)き回したところで、お前の兄が生き返るわけではない。死者の蘇生(そせい)だけは、どんな神様にもできないのだから」

希与子の言葉は、言葉だけならば冷たく聞こえる。だが、紗恵には、こちらを気遣っているからこその言葉と分かった。

「高良お兄様は、もう戻らない。でも、お兄様が生きていらっしゃったら、きっと、こう言ってくださると思うんです。僕の親友を頼んだよ、と」

成実は、高良から、紗恵のことを頼まれたという。

高良は、同じように、成実のことも紗恵に託したのではないか。

(お兄様は、私と成実様の文通がはじまるときも、成実様を頼んだ、と。そう、おっしゃっていたもの)

片方に寄りかかるのではなく、支え合えるように、と願ってくれたのではないか。紗恵は、そう信じたかった。

「紗恵様。ご歓談中のところ、申し訳ありません」

書庫の外から声がする。百生に嫁いだばかりのときから、紗恵の身の回りのことを助けてくれる女中だった。

「どうしましたか?」

「成実様が負傷した、という報せがありました」

紗恵は息を呑む。成実は、遠方まで邪気祓いに向かっているはずだ。

「成実様は! 成実様は、どちらに」

紗恵は堪らず、書庫の外に出ようとする。

それを止めたのは、希与子の手だった。

「待ちなさい。成実様の怪我は、たしかな話なの？　どこから、どのような形で、届いた報せなのかしら？」

「希与子様？」

「大事なことよ。お前の夫は、当主となった。けれども、盤石な足場を持っているわけではないのよ。本家は、お前のことを守るでしょう。でも、成実様が当主となったことに不満を持っている人間は、意地の悪いことをするかもしれない。……少し前にも、意地悪されたでしょう？」

少し前。希与子は、自分自身の行いについて言っているのだ。

「意地悪では、ないです。それに、成実様のことを良く思われていないとしても。百生の人たちは、邪気祓いに誇りを持っているのでしょう？　それなら、その邪気祓いにかかわることで、嘘はつかないと思います」

「甘いことを言うのね。本当に、成実様が負傷しているのなら、成実様が帰ってくるまで、一緒に待つわ」

「ありがとう、ございます」

希与子は、慰めるように、繋いだままになっていた紗恵の手を握り返した。

「手、震えている。ぜんぜん顔には出ないのに、不安なのね？　でも、大丈夫よ。どの程度の怪我なのか知らないけれども、生きてはいるのでしょう。生きているならば、必ず帰ってくるわ。成実様は、神様の血が濃いの。そう簡単には死ぬこともできないから」

不安で押しつぶされそうな紗恵の心に、希与子の言葉が、ひっかき傷のように残った。

（死なない、ではなく、簡単には死ぬこともできない？）

それから日が沈み、永遠にも感じられるような長い夜を過ごした。空が白む時刻になって、ようやく、成実は百生の邸（やしき）まで帰ってきた。

◇◆◇◆◇

静まりかえった部屋に、成実の息づかいだけが響く。

成実が邸に寄りつかなくなってから知ったのだが、この離れ屋は、夫婦として過ごせるように、と先代が用意してくれたものらしい。

いつもは紗恵しかいない離れ屋に、成実の姿があるのは、久しぶりだった。

成実が、いつ帰ってきても快適に過ごせるように、と整えていたものの、そのとき想像していたのは、成実が元気に帰ってくる姿だった。

このように、成実が負傷する姿など、想像したこともなかった。

横になっている成実は、かたく目を伏せて、時折、苦しげに息を吐く。

邸に帰ってきたとき、成実は怪我の治療もせず、邪気祓いの報告を優先した。青白い顔をしているというのに、泣き言も言わずに動きまわるものだから、気が気でなかった。

そうして、一区切りついた途端、まるで糸が切れたように倒れたのだ。

一緒に成実の帰りを待ってくれていた希与子は、成実を見て、呆れたように溜息をついていた。希与子は、あれだけ動けるなら命に別条はない、放っておけなどと言ったが、紗恵には、とても放っておくことなどできなかった。

紗恵は、成実の額に滲んだ汗を、清潔な布で拭ってやる。怪我のせいか、熱が出ているようで、見ているだけで苦しそうだった。

ふと、かたく閉ざされていた瞼が開く。

「成実様」

名を呼ぶ声は震えてしまった。

「紗恵か。そうか、邸に帰ってきたのだったな。ずっと、傍にいてくれたのか？　すまない、手間をかけた」

「手間などとは思いません」

「要らぬ心労をかけてしまった。詫びになるか分からないが、今度、落ちついたときにでも《帰咲》の街を案内しよう」

帰咲。百生の治めている、この地の名前だ。

成実は、こんなときでも、紗恵を気遣う言葉を口にする。紗恵の助けなど必要としていないのだ。

「詫びなんて、そんなの」

「お前は、いらない、と言うかもしれないが、俺がそうしたい。ずっと邸から出してやれなかったからな。俺は、お前を閉じ込めたいわけではないのに、結果的に、そうなってしまっている」

「私のことは、どうか、お気になさらず。……成実様が生きていて、良かったです」

成実は苦笑すると、ゆっくりと上半身を起こした。

「大した怪我ではない。周りの連中は、どうせ、放っておけとでも言っただろう。これくらいでは、俺が死なないと知っているからな」

「私には、命にかかわるような怪我に見えます」

「すぐに治る。俺は、いま生きている一族の中では、最も強く、百番様の血が出ている」

「……？　はい。先代様から、そのようにお聞きしています。でも、そのことが、成実様の怪我と関係あるのですか？」

「神の血が濃いから、簡単には死ぬこともできない。ふつうの人間の致命傷は致命傷にもならず、さほど日も置かずに治る。根本的に、お前たちのような神の血を引かぬ者とは、身体のつくりが違う」

紗恵の目には、成実はごく普通の青年に見える。特別な身体をしていると言われても、良く分からない、というのが正直なところだった。

そもそも、強いからといって、すぐに治るからといって、怪我を負っても良いわけではないだろう。

「そうだとしても、お怪我を心配してはいけませんか？　怪我など負わないでほしいと思うことは、ご迷惑ですか？　……私は、邪気祓いのことを、本当の意味で分かっていませんでした。当たり前のように、成実様は帰ってきてくださる、と。そう思っていたのかもしれません」

成実たちが立ち向かっているものは、此の国にある禍なのだ。紗恵の兄を奪ったものと同種の厄災である。

それを祓うならば、当然、命がけになることを、紗恵は分かっていなかった。

「邪気祓いのことなど、お前は分からなくても良い。何度そう言っても、きっと、納得してはくれないのだろうな。存外、頑固だからな。高良の妹だから仕方ないか」

「お兄様は、べつに頑固だったわけでは」

「頑固だった。喧嘩になると、ぜったい譲らなかったぞ」

「喧嘩など、想像もつきません。成実様とお兄様は、いつも仲良しだったのでしょう？」

「お前の前では格好つけて、隠していただけだ。士官学校にいたときも、軍部に入ってからも、呆れるくらい喧嘩を繰り返したぞ」

「たとえば？」

「いろいろあって高良を怒らせてしまったことがあってな。あいつ、俺が、甘いものを苦手としていることを知りながら、上官に嘘を吹き込んだ。おかげで、甘味好きの上官に連れ回されて、好きでもない甘味巡りに連れ出されることになった。帝都中の甘いものを食べさせられた気がする」

悪態をつきながらも、成実の声は穏やかだった。

高良は、紗恵の前では大人びた顔ばかりしていたが、成実の隣では違ったのだろう。年相応の、もしかしたら年齢よりも幼いくらいの態度を取っていたのかもしれない。

「お兄様は、私と同じで、甘い物がお好きだったので。成実様にも分かってほしかったのかもしれません」

「ただの嫌がらせだろう。まあ、可愛い嫌がらせではあったな。もっと悪辣なことをしようと思えば、いくらでもできたのだから。そもそも、俺が、高良を怒らせたことが原因だったから、仕方ないと言えば仕方ない」

「どうして、お兄様は、お怒りに？」

「……俺が、しつこく、高良に頼んでいたからだろうな。何度、断られても、まったくめげなかった」

「成実様の頼みごとは、そんなに難しい内容だったのですか？」

成実が、何かをしつこく頼む姿など想像もできなかったが、彼が言うならば、実際にあったことなのだろう。

「高良にとっては、難しいことだったのだろう。まったく折れてくれなかった」

紗恵は、高良には譲ってもらってばかりだったので、折れない兄の姿を想像することができなかった。

「成実様は、私の知らない高良お兄様を知っていらっしゃるのですね」

「お前も、きっと俺の知らない高良を知っているだろう。だから、ときどきで構わないから、俺に教えてくれ。お前の心が許すならば」

「私ではなく、成実様は許してくださいますか？　成実様は、私が高良お兄様について話すことを、良く思われないのではないか、と」

成実は怪訝(けげん)そうな顔をした。

「なぜ、そう思う？」

「私が、高良お兄様の遺体に触れようとしたとき、お怒りになったでしょう？」

成実が、高良の遺体を連れてきてくれたときのことだ。ずっと、そのことが心に引っかかっていた。

「悪かった。ずっと、あのときのことを気にしていたのか。高良の遺体に、触れるな、と言ったのは、お前に問題があるからではない。《悪(あ)しきもの》によって亡くなった者の遺体は、触れると障(さわ)りが出るときがある」

「障り、ですか？」

「簡単に言うと、体調を崩したりすることがある。俺たちのような邪気祓いはともかく、お前のように神の血を引かぬ者であれば、なおのこと。……高良の死を悼(いた)んではいけない、高良のことを話してはいけない、そんな風に思う必要はない」

紗恵は目を伏せる。

「私、お兄様のことを話したら、きっと苦しくなる、と思っていたのです。でも、いま、成実様とお話しして、不思議と、あたたかい気持ちにもなりました。きっと、いけないことですよね」

「何が、いけないことなのか分からない。故人を思うとき、悲しい気持ちになるばかりではないだろう？　幸せな思い出もあるのだから、あたたかい気持ちになることもあるはずだ」

「成実様も、あたたかい気持ちになりましたか？」

「ああ。俺は、高良のことが大好きだからな」

　成実は一切照れることなく、堂々と、大好き、という言葉を口にした。紗恵の心は、それだけであたたかくなった。

　心から、この人は兄のことを大事にしてくれている。

「私も、お兄様のことが大好きです」

「そうか。同じだな、俺たちは」

「はい。同じですよ。だから、私のこと、いつまでも蚊帳の外に置かないでください。邪気祓いのことだって教えてください」

「参った。そこに話が戻るのか？　……百生や俺のことは、どこまで聞いた？　先代や希与子と話をしたのだろう」

「《悪しきもの》や、成実様の立場のことは、お聞きました。私のせいで、成実様が、ご無理をなさっていることも」

「お前のせいであることは、ひとつもない。そう思わせてしまったならば、俺に非があるな。俺は、父上と同じ轍は踏まないと決めていたというのに、妻を不安にさせた」

「お父様のことも少しだけ聞きました」

「なるほど。つまり、俺や姉上たちが、全員、母親が違うことも聞いたのか。……ひどい男だった。とっくに死んでいるのに、いまもたくさんの人間を苦しめている。父のことを、《神在》として立派だったと言う人もいるが、たくさんの妻や子どもを不幸にして、呪いを遺した男だ。立派であるものか」

「呪い？」

「そう。俺の名前も、その呪いのひとつだ。俺の名前は、父がつけた。たくさんの実りがあるように、その願いが成就するように、と意味が籠められている」

「成実様の人生に、たくさんの実りがあるように、恵まれたものであるように、という意味でしょうか？」

「残念ながら、そんな良い意味ではない。百生は、むかしに比べて弱体化している一族だ。数が足りなくなったからな」

「……？　ご親族が少ないのですか？　その」

「たくさん姉がいるのに、と思ったか？　ひどい話だが、その姉たちも俺も、足りない数を補うためだけに、此の世に生み落とされた。——今よりも古い時代、帝がおわすは、帝都ではなかった。それは知っているな?」

「はい。理由あって、西にある京から、東にある帝都に移られたのだ、と」

その理由について、詳しくは知らない。

帝都では、帝が移ってきた理由など、ほとんど語られないのだ。

帝都の住人にとっては、帝が帝都におわすことが重要なのであって、どうして移られたかなど、さして意味は持たない。

「その理由は複数あるが、大きな理由の一つとして、京で、とある《悪しきもの》が猛威をふるったから、というものがある。京に顕れた《悪しきもの》を祓うことと引き換えに、百生は数を減らした。いまや、当時の半分以下の人数だ」

悪しきもの。百生の一族が、古より対峙してきた厄災。

百生の領地は、京からも近い。京に《悪しきもの》が顕れたならば、百生が駆り出されることも道理だった。

「俺は、本家に生まれた久しぶりの男児であり、父の子としては、いちばん邪気祓いとしての力が強かった。だから、父や一族は期待をかけた。俺が、一族の再興を進めることを」

そこまで言われて、ようやく、成実の名に籠められた意味を理解する。

たくさんの実りがあるように。つまり、明け透けに言うならば、実り――邪気祓いとして優れた子どもが、たくさん生まれますように、という呪いだ。

成実を礎として、百生という一族が、かつての力を取り戻すよう、成実の父たちは願っていたのだ。

「成実様は、その期待が重たくて、家を出たのですか？」

家からも故郷からも離れて、遠い帝都の地で、士官学校に入った。そのまま軍部に所属し、一族から距離をとることを選んだ。

「そうだな。子どもだった俺は、すべてが煩わしかった。好きで、この家に生まれたわけでも、好きで神の血を引いたわけでもなかったから」

神在とは、生まれながらにして、その在り方を定められる一族なのかもしれない。神の血を引くからして、その身には特別な役目が課せられる。

成実は、その決められた道を進むことに反発して、外の世界に飛び出した。

「いまも、煩わしい、と思っていますか？」

成実は目を細めて、柔らかに笑った。

「いや。いまの俺は、神在としての役目を全うしようと思っている。守りたいものがある。

そのためには力が必要だ。何にも邪魔されることのない力が」

「守りたい、もの」

成実の手が、そっと、紗恵の頰に触れる。

「紗恵。いつか、お前が笑ってくれる日まで、お前のことを守ってやりたい」

紗恵の脳裏に、在りし日の兄の姿が浮かんだ。

『紗恵。いつか、心から、お前が笑えるように。そう願っているよ』

（分かっている。成実様は、お兄様に頼まれたから、私を妻にしてくれた。優しい人だから、私を見捨てることができなかった。分かっているのに）

期待してしまいそうになる。

言ってはいけないと思っていた恋心が、溢れてしまいそうになった。

紗恵は、いまだけは、ぴくりとも表情の動かない顔に感謝した。人形のような顔は、きっと、紗恵の恋心も隠してくれる。

紗恵は目を伏せて、成実の手に頰を寄せた。

◇◆◇◆◇

人々の活気が、大きな音の波となって押し寄せる。

紗恵は、百生の治めている《帰咲》の街を、一度は歩いたことがあるはずだ。そもそも、帝都からの列車を降りたのは、この街にある駅舎なのだから。

しかし、あのときは、とても街の様子を見ている余裕がなく、気づいたら、百生の客間で倒れていた。

故に、たしかに歩いたことがあるはずなのに、ほとんど記憶になかった。

「紗恵。あまり、ぼんやりしているものではないわ」

紗恵は、希与子に咎められて、はっとする。

「申し訳ありません、その、つい」

「謝らなくても良いのだけど、気をつけてくださる？　お前を見失ったら、成実様に叱られてしまうもの。成実様との待ち合わせは、駅舎の近くにある甘味処で合っているのよね？」

「はい。成実様は、正午の列車で《帰咲》に戻られるので。その甘味処で待ち合わせることになっています」

正午の列車で、邪気祓いに行っていた成実が帰ってくる。駅舎の近くにある甘味処で待ち合わせをし、一緒に街を歩く予定になっていた。

成実は、先日、大怪我をしたというのに、驚くほどの早さで回復し、再び邪気祓いに向かってしまった。

手紙のやりとりこそあったが、また顔を合わせることができない日々がはじまったのだ。

そんな生活のなか、先日、成実から、あらためて手紙で外出に誘われた。

成実が怪我を負ったとき、紗恵が看病をしていたことの詫びとして、《帰咲》の街を案内することを提案されたことがあった。そのことを憶えていてくれたらしい。

「今日は、ここまで希与子様が一緒に来てくださって助かりました」

「べつに、大したことはしていないわ」

「それに、邸を出るとき、この振袖でも良い、と希与子様が言ってくれたことが嬉しかったのです」

今朝、兄から贈ってもらった振袖を着ていた紗恵を見て、やんわり、いつも世話をしてくれる女中は言ってきた。

成実と出かけるならば、成実が贈ってくれた衣から、選ぶべきではないか、と。

しかし、紗恵は、成実からの贈り物には手をつけたくなかった。あの贈り物の数々は、いつか成実が心から惹かれて、妻にしたいと思う女性のものだと思っていた。

女中の言葉に困っていたところ、助け舟を出してくれたのが希与子だった。

「着たいものを着れば良いでしょう。成実様の顔色なんて窺う必要ないもの。……まあ、女中の気持ちも分かるけれども。きっと、振袖、ということも引っかかっていたのでしょうね。百生の一族では、振袖は未婚の女性が着るものよ。帝都でも、そういった向きがあるのではないかしら？」

「……そうだったのですね。私、あまり知らなくて」

紗恵は、狭い世界で生きていたので、皆が当たり前のように知っていることを知らなかった。

「もう、落ち込まなくても良いわ。大事なお兄様が仕立ててくださったのでしょう？　それを着たい、と思うことは、当然のことよ。あれこれ言う人間がいたとしても、ぜんぶ無視しなさい」

「ありがとうございます。あの、振袖のことだけでなくて。待ち合わせ場所まで、案内してくださって」

「ついでよ。ちょうど、このあたりに用事があったの」

希与子は、わざとらしく余所(よそ)を見た。

「ついでだとしても嬉しいです。……成実様、お怪我などないでしょうか？」

「心配はいらない。どうせ、お前と出かけることを楽しみに、いつも以上に張り切って邪気祓いに行っているもの。さっさと片付けて帰ってくるでしょう」

「そんな。私などと出かけることを楽しみになんて」

「また、そうやって謙遜(けんそん)するの？　行きすぎた謙遜は厭(いや)みに聞こえるって言ったでしょう。ぜったい成実様は、お前と出かけることを楽しみにしていた。成実様の性格なら、よく知っているもの」

「希与子様は、成実様の許嫁(いいなずけ)だったのですものね」

成実は、たしかな取り決めがあったわけではない、と言っていた。しかし、百生の一族のなかでは、当たり前のように許嫁同士としてあつかわれていたのではないか。

「成実様のことを、よく知っているのは、許嫁だったからではなく、もっとべつの理由ね」

「べつの、理由」

「そう。お前は百生の外から嫁(とつ)いできたのだから、知らないでしょう。気分の悪くなる話だから、知る必要もないわ。……あと、誤解ないように、もう一度言っておくけど。成実様のことなんて、お前と違って大嫌いだから。生まれてこの方、仲良しだったことは一度もないの。同い年だから比べられることも多くて、むかしから腹立つ男と思っている。言葉に遠慮(えんりよ)がなくて、気遣いっていうものを知らないのよ」

たしかに、成実は、取り繕(つくろ)うことを知らない。実直な物言いは、ともすれば人間関係に軋轢(あつれき)を生む。

だが、紗恵は、そのことを嫌に感じたことはなかった。

むしろ、不器用なくらい真っ直ぐで、そういうところが好ましかった。

高良も、かつて、同じことを言っていた。成実の言葉は、言葉だけならばきつく感じることもあるというのに、まったく憎めない、と。

「成実様は、真っ直ぐな方ですものね」

「真っ直ぐなんて綺麗(きれい)な言葉で片付けないでくださる？　お前は成実様のことが好きだから、何を言っても良いようにとらえてしまうのね。……ああ、見えてきたわ。あの瓦屋根(かわらやね)の建物よ。成実様、もう着いていたみたいね」

希与子に言われて、紗恵は大通りの向こうにある甘味処を見た。

駅舎の近くにある甘味処の前に、成実の姿があった。

簡素な旅装だったが、美しい人なので絵になる。周囲にいる人々の視線が、すべて成実に寄せられているようでもあった。

「希与子様。ありがとうございます」

「用事のついでだって言ったでしょう？　礼なんていらない。成実様に、若い娘を楽しませるようなことができるとは思わないけど、まあ楽しんできたら？」

希与子は片手を振って、人混みに消えていった。

紗恵は、早足で大通りを渡って、甘味処の前にいる成実に駆け寄った。

「希与子に送ってもらったのだな」

どうやら、大通りを挟んで向かいにいた紗恵たちに気づいていたらしい。

「はい。いつも親切にしてもらっています」

希与子には、書庫での邂逅から、たびたび気にかけてもらっていた。成実が邸を空けている間、紗恵が不自由をしていないか、彼女は心配してくれている。

彼女は、言葉こそ当たりが強いときもあるが、面倒見の良い人なのだろう。

「親切、か。俺の悪口を、たくさん吹き込まれていないか？　希与子は、むかしから、俺のことが好きではないからな」

「許嫁だったのに、ですか？」

「あれは、一族の古い連中が、勝手に言っていたことだからな。俺は、一度たりとも、希与子を妻に迎えるなどと思ったことはない」

紗恵は返事に困った。紗恵は、やはり希与子こそ、百生の当主の妻としてふさわしいと思っている。少なくとも、紗恵よりは適任だろう。

そんな紗恵の心中には気づかず、成実は口を開く。

「高良の贈った振袖だな。よく似合っている。……先に、ここで食事をしてから、《帰咲》の街を案内する。基本的には甘いものしかないのだが、一品だけ、甘味ではない料理があるんだ」

成実に言われるがまま、紗恵は甘味処に入った。

外観は、古くから此の国に伝わるような木造建築であったが、なかは、ずいぶん雰囲気が違った。

席に案内された紗恵は、そわそわとあたりを見渡してしまう。生まれてこの方、こういった店に来たことはなかった。注文の方法すら分からない。

紗恵が戸惑っているうちに、成実は給仕をつかまえて、注文を済ませてしまう。

「紗恵は、卵は大丈夫か？」

「あまり食べたことはありませんが、ふわふわしていて、好きです」

「そうか。卵が好きなら平気だろうが……。お前も気に入ってくれたら嬉しい」

しばらくして、運ばれてきたのは、薄く焼いた卵に包まれた何かだった。両端をしぼったような不思議な形に、紗恵はゆっくりと瞬きをする。

真っ黄色の卵のうえからかけられている液体は、まるで血のように赤い。

いったい、何の料理だろうか。

「あ、あの。成実様」

「米を炒めて、卵で包んだものだ。うえにかかっているのは、外つ国の野菜を使ったものだな。血と思ったか？」

「すこしだけ」

「俺も、子どもの頃、なんて恐ろしいものを出すんだ、と震えたものだ。食べてみると、まったく血の味ではなかったが」

成実は、器用に、銀製の匙のようなもので料理をすくう。卵に包まれていた米も、赤く染まっていたので、また紗恵は驚いてしまう。

紗恵は、成実の動きを真似して、料理に手をつける。

恐る恐る、口に運ぶと、酸っぱいような甘いような、独特の味が広がった。

「美味しい。でも、知らない味です」

「だろうな。外つ国の料理に着想を得た、などと言って、店主が気まぐれにつくった料理だから。俺の母が、好きだったんだ」

「成実様の、お母様は……」

嫁いでから、成実の母と会ったことはない。成実の父は、すでに亡くなっているようだったが、母親については聞いたことがなかった。

紗恵が顔を合わせていないことを思えば、おそらく邸にはいない。

「生きてはいる。だが、もう、俺のことも分からなくなってしまった。いろいろあって、お心を壊してしまったからな」

紗恵は、自分が臥せっていたときのことを思い出す。

あのとき成実が言っていた《身体よりも先に心が死んでしまった人》というのは、成実の母のことだったのだ。

成実は、料理を口に含んでから、懐かしむように目を細めた。

「母と一緒に来たのは、たった一度きりだった。だが、どうにも懐かしくて、帝都の士官学校に入るまで、ひとりで通っていた。俺にとっては思い出の味で、……そうだな、幸せの味でもある。だから、お前と共有したかった」

成実にとって、母親との思い出は、かけがえのないものなのだろう。その思い出を、紗恵にも分けてくれたことが嬉しかった。

頭では、いけないことと分かっていても、やはり紗恵は成実のことが好きだから、好きな人のことを知ることに喜びを感じてしまう。

ふたりが料理を食べ終えた頃、給仕の者が、熱い茶と、漆器に載せられた練り切りを持ってくる。

「梅の花ですね。白梅でしょうか？」

梅の花を模した練り切りだった。

透けるように淡い紅色の花は、ほとんど白に近い色合いだった。

紗恵は、百番様の姿を思い出した。くらくらとするような花の香に満ちた梅園は、此の世のものとは思えぬほど美しかった。

「この練り切りだけでは、白梅か紅梅か分からない」

「花の色が白に近ければ、白梅では？」

「白梅か紅梅かは、花の色ではなく、枝のなかにある色を見て判断する」

だから、紅い花を咲かせる白梅も、白い花を咲かせる紅梅もあるのだという。

「私、てっきり花の色で、白梅と紅梅に分かれているとばかり。百番様の花の色も淡いから、勝手に白梅と思っていて」

百番様は、淡雪のような薄らと紅い花をつける。艶やかな紅ではなく、人によっては白とも呼ぶような色なのだ。

故に、百番様は、白梅の姿をしている、と思っていた。

「判断の仕方は間違っているが、百番様のお姿が白梅であることは間違っていない。百番様から賜った花枝を見ると、枝の断面は白くなっている」

「花ばかり見ていて、あまり枝のことを見ていませんでした」

「他の一族も、そんなものだ。俺は、たくさんの花枝を賜ったから、他の者よりも見る機会が多かっただけだ。百生に生まれた者は、百番様の花枝を炉にくべて、鍛えた刀をもって邪気祓いをする。一族に生まれた者は、誰もが百番様の花枝を賜る。……俺は、百番様の力を強く受け継いだから、ふさわしい刀を鍛えるために、たくさんの花枝が必要だったんだ」

「そうだったのですね。……百番様が、白梅なら、やっぱり、この練り切りは白梅だと思います。きっと、百番様にあやかって、梅の形をしているのでしょう？」

「違いない。練り切りだけでなく、花のかたちをした最中、餅なども、《帰咲》には多いからな。百番様のお膝元だから、梅にまつわるものは縁起が良いとされる。街のいたるところに梅が植えられているのも同じだな」

「神様が、人々の生活に根を張っているのですね」

「そういう考え方もできるのか。俺は、むかし、神のことなど知らないくせに、と思っていたことがある。何も分からぬくせに、街の人々は都合の良いときだけ神にすがるのか、と捻くれたことを考えていた」

成実は、はっきりと言葉にしなかったが、搾取されている、という風に思っていたのだろう。

力をもって生まれた。それ故に、力なき人々を、命をかけて守らなければならない。一方的に搾取されている、と感じても不思議ではない。

「いまは違うのですか？」

「違う。高良や紗恵を通して、俺は、神の血を引かぬ人々のことを知ったからな。……むかしの俺は、一族の外に出るまで、神の血を引かぬ人々のことを分かっていなかった。箱入りだったからな」

「箱入り、ですか？」

「一族のことしか知らなかった。《悪しきもの》を祓うことはできたが、それが、神の血を引かぬ人々を守ることに繋がっている、という意識がなかった。高良や紗恵を通して、はじめて、俺は自分が守るべき人々のことを、本当の意味で知った。……俺が命をかけて守る人々は、俺の大切な人たちでもある。だから、俺が邪気祓いとしての力をふるうのは、俺自身の願いでもある。うまく言葉にまとめることができないのだが、伝わっているか？」

紗恵は頷く。十分、成実の気持ちは伝わってきた。

成実は微笑んで、自分の前にあった皿を、紗恵の方に寄せてきた。

「行儀が悪くてすまないが、良かったら、俺の分も食べると良い。知ってのとおり、俺は甘いものが苦手だから」

「良いのですか？」

「遠慮される方が困る。高良と出かけたときも、こういった甘いものが出るときは、いつも譲っていた」

「お兄様は、きっと喜ばれたでしょうね」

「そのうち、俺が譲るよりもさきに、僕が食べてあげる、と言うようになったな」

そう言った兄の姿が、目に浮かぶようだった。紗恵の前では大人びた表情をしていた兄も、成実といるときは、きっと無邪気に、年相応に笑っていた。

「お兄様とは、どのように過ごしていらっしゃったのですか？　休暇のとき、ふたりで、お出かけになっていたのでしょう？」

「そうだな、休日になると、あれこれと理由をつけて、朝からいろんなところに連れ回された」

「たとえば、どのようなところに？」

「芝居小屋や人形劇、花見に登山、あとは美味い店を探しまわったこともあったな。本当、いろいろなところに行った。まったく興味はなかったが、行ってみると楽しい時間ではあったな」

「お嫌ではなかったのですね」

「高良と一緒だったから、嫌ではなかったのだろう。好ましく思っている相手と出かけるのならば、どのようなところでも、特別な時間になる。言っただろう？　俺は、高良のことが大好きだ、と」

成実は、やはり兄のことを大事にしてくれている。兄が生きていたときも、亡くなってからも変わらず、心を砕いてくれている。

「たくさん教えてください、お兄様との思い出を。……成実様が、故人を思うとき、悲しい気持ちになるばかりではない、と。あたたかい気持ちになることもある、と、教えてくださったから」

「ああ。お前も、教えてくれるのだろう？」

それから、甘味処を出るまで、ふたりは高良のことを話した。成実と語らうほど、紗恵の心には、高良との幸福だった思い出が溢れた。

成実の案内で、紗恵は《帰咲》の街を歩く。

「とても活気がありますね」

「むかしから、《帰咲》は人の出入りが多い土地だからな。百生の者たちは、邪気祓いの必要があれば、速やかに各地に向かう必要がある。だから、この街は、むかしから大きな道が交わるところにあった」

邪気祓いのために、交通の便を良くした土地なのだという。

交通網が発達すれば、人の出入りが多くなる。必然的に、街自体も栄えるようになる、と成実は言う。

「この土地が、いろんな場所に行きやすくて、便利だというのは本当だと思います。でも、それだけではなくて。百番様と、その末裔である百生の人たちが、この街のことを守っている。だから、栄えている、という面もあるのではないでしょうか？」

街を歩いていると、いたるところに梅を思わせるものがあった。

この街が、百生という神在の領地であり、その家に守られているということが、人々にとって、とても心強い支えになっているのだ。

「俺たちが、この街を守っている、か。そう思ってもらえるならば、喜ばしいことなのだろうな」

成実は、おもむろに腰に佩いている刀に触れた。

成実の刀は、邪気祓いとしての刀だ。百番様の花枝を炉にくべて、鍛えた鋼をもって、百生の人々は邪気祓いをする。

彼らは、常に、祖先たる百番様とともに在るのだ。

（私も花枝を賜った。でも、私には、成実様たちのように邪気祓いをする力はない）

「あの。成実様。百番様の花枝のことなのですが、私が持っていても、よろしいのでしょうか？」

婚儀のとき、百番様から賜った花枝は、離れ屋に飾っている。

土に植えているわけでも、水に浸けているわけでもないというのに、百番様から賜った花枝は、ずっと咲き続けている。葉も枝も艶々としており、淡雪のような花は散ることもなかった。

神様の花、特別な花なのだ。

その花を見ると、本当に紗恵が賜って良いものだったのか、という思いが込みあげた。

「お前を守るために、百番様が与えてくださったものだ。お前以外、誰が持つんだ？　……だが、そうだな。いまは、たしか離れ屋に飾っているのだろう？　本当は、ずっと傍に置いておくべきものだから、少し預かっても構わないか？　お前でも傍に置けるような形に変える」

「花枝を、ですか？」

「悪いようにはしない」

「構いません。そもそも、私の許可など要らないです」

「……？　百番様から、お前に与えられたものだ。要るに決まっている」

紗恵は、成実のこういうところを、好きだな、と思う。

成実の立場であれば、いくらでも紗恵の意志など無視できるというのに、紗恵をひとりの人間として尊重しようとしてくれる。

「ありがとうございます。刀にしてくださるのですか？」

「お前に、刀を振るうことは無理だろう。だから、別のものに。戦えないお前でも、傍に置けるようなものが良いな。百番様が、お前のことを《悪しきもの》から守ってくださるように」

「その《悪しきもの》について、私は、ほとんど何も分からないのに、ですか？」

一陣の風が、ふたりの間を吹き抜けた。

紗恵の問いに、成実は困ったように眉(まゆ)を下げた。

「何も分からなくて良い。俺は、お前には《悪しきもの》について教えたくない。お前は、高良の大事な妹だ。《悪しきもの》との戦いには巻き込みたくない」

「でも、私は。……私は、いま、成実様の妻なのでしょう？　力になりたいです」

この婚姻が仮初(かりそめ)だとしても、一時的なものだとしても、いま、成実の力になりたいと思ってはいけないのだろうか。

「成実様。街にいらっしゃるとは珍しい」

そのとき、紗恵たちの会話を遮(さえぎ)るように、近くにある建物から男が出てきた。

先代である香純と同年代だろうか。成実の親世代ほどの年に見える。腰に刀を佩いているので、その男が、百生の一族であることが分かった。

「俺が街に出ていると、不都合が？」

「不都合ではありませんが、あまり気分は良くありませんね。それが、希与子のことを捨ててまで選んだ娘ですか？　神の血を引かぬ余所者(よそもの)を妻として迎えるなど。成実様は、むかしから、わがままが過ぎる。本家が、あなたを甘やかしたせいでしょうか？」

「紗恵。相手にしなくても良い」

「希与子の、どこが、ご不満だったのですか？　邪気祓いとしての才覚がなかったことですか？　そうは言っても、我が娘は、血筋で言えば……」

「希与子に不満はないが、希与子のことを許嫁として見たことはない。そもそも、お前は、我が娘というが、希与子は養女だろう。一緒に暮らしていたわけでもない。希与子は本家で育てられたのだから。お前に父親面されても、困るだろうよ」

男の顔から、一切の表情が消える。

「ひどいことをおっしゃる。神無にまぎれて、軍になど入ったから、百生の者としての自覚がなくなったのですね。その娘、ご友人の妹という話ではありませんか。死ぬときに、最期の願いとでも言われて、妹を託されたのですか？　あなたらしくない。犬死にした神無の男に、絆されて……」

瞬間、成実が、男の襟首を摑んで、地面に引き倒した。成実は、鞘に入れたままの刀を、素早く、男の首筋に突きつける。

「二度と、高良のことを犬死になどと言うな」

「せ、先代様に、御報告しますよ。また成実様が勝手をして、我らのことを……」

「一族を放り出していた無責任な跡取りに、簡単に転がされてしまった、と。そのように情けないことを、香純姉上に言えるのならば、言えば良いのではないか？　鼻で笑われるだろうが」

男は悔しそうな顔をして、よろけながら、立ちあがる。そうして、成実たちの前から、足早に去ってしまった。

「希与子様の、お父様、ですか？」

「養父だ。実の親子ではない。希与子は、父親とも思っていないだろうよ。希与子は、本家で育てられたから、あの男のもとで暮らしたこともないしな」

「本家で。だから、希与子様と成実様は、幼い頃からお知り合いなのですね」

ともに育ったのであれば、親しくなって当然だ。希与子は、成実のことなど大嫌いというが、紗恵などよりも、成実のことを良く知っている。

「不快な思いをさせてしまったな」

「お気になさらず。百生の人々にとって、当然のことを言われただけなので」

紗恵は、百生の邸で、とても良くしてもらっている。邸にいる者たちは、いつも紗恵のことを気にかけてくれている。

だが、それとは別に、薄々、感じ取っている。

紗恵という女は、神の血を引かぬという点で、どこまでも余所者なのだ。意識的にも、そうでないところでも、一線を引かれている。

「ひどい言葉をぶつけられて、それを当然などと言うな」

「ひどい言葉ではないと思います。……だって、成実様も、同じようなことをおっしゃっています。私は余所者だから、私には何も話せない、と遠ざける」

「……同じではない」

「同じようなものです。成実様は、私のことを守るべき弱いものとして、線を引いていらっしゃる。たしかに、私は何もできない、弱い存在でしょう。でも、力になりたい、と。何度も、お伝えしています」

成実は応えない。ふたりの間に、長い沈黙が落ちる。

そのまま、百生の邸に帰るまで、会話が戻ることはなかった。

そうして、成実は、また邪気祓い（じゃきばらい）の日々に戻ってしまった。

どれだけ心を寄せても、手を伸ばしても、成実には届かない。成実は、紗恵を守るためと言って、どこまでも紗恵のことを遠ざけるのだ。

四

星のまたたく夜空から、ぽつり、ぽつり、と雪が降っていた。

冬を迎えて、百生(ももせ)の治める《帰咲(かえりざき)》は、しばらく底冷えするような日が続いていた。邸の廊下(ろうか)から見える庭も、薄(うっす)ら雪をかぶりはじめている。

冬の景色を眺めながら、成実(なるみ)は亡くした友のことを思う。

(何があっても、季節は巡ってしまう。高良(たから)。お前を亡くしても、変わらず時は流れてしまったな)

高良の死んだ冬から、一年が経つのだ。

あの日、時を止めてしまった高良を置き去りにしたまま、成実は今日を生きている。

(いまの俺を見たら、お前は何と言うだろうか?)

卑怯者(ひきょうもの)と罵(ののし)ってくれるだろうか。それとも、仕方ないな、とでも言うように、肩を竦めるか。

そこまで想像して、成実は目を伏せた。

死者は還(かえ)らない。どのような神の力をもってしても、それだけは叶わない。成実には、死んだ高良の心を確かめることはできない。

成実は背筋を正して、邸の奥に向かった。

夜も更けてきたが、目当ての部屋は明かりが消えていなかった。

「香純（かすみ）姉上。夜分遅く、申し訳ありません」

今夜のように寒さの厳しい夜であれば、間違いなく、一番上の姉は起きている。古傷が痛んで眠ることができず、夜を明かしているはずだった。

「成実？　あなたが訪ねてくるなんて珍しい。どうぞ」

「失礼いたします。……お一人ですか？」

常ならば、古傷に苦しむ姉の傍には、誰かしら控えているはずだった。昔から仕えてくれている女中であることもあれば、希与子（きよこ）であることもある。

「あいにく、今夜は、夜更かしに付き合ってくれる人がいなかったの。あなたが相手をしてくれるならば、嬉しいけれど」

「申し訳ありません。別の用事があって参りました」

「そこは、ばか正直に答えるのではなく、古傷が痛むであろう姉上のために参りました、と言うべきね」

「俺がいても、姉上の慰めにはならないでしょう。痛みますか？　やはり」

香純は、すでに邪気祓いの第一線からは退いている。数年前、《悪（あ）しきもの》を祓ったときに深手を負ったことで、激しい動きができなくなったからだ。

そのときの傷は、今もなお、彼女のことを苦しめている。

「もう、傷口は塞がっているというのに。今日のような寒い夜には、思い出したように痛んでしまう。私の弱さね」

「姉上のことを、弱い、と思ったことはありませんが」

「あなたに比べたら、皆、弱いのよ。あなたは特別なのよ。いい加減、自覚しなさい。あなただけが、父上にとっても一族にとっても、正しい子どもであったことを」

香純の語る正しさとは、邪気祓いとしての力が強いことを意味する。

たしかに、成実の身は、邪気祓いとして優れている。存命している一族のなかでは、最も強く、色濃く、百番様の血があらわれている。

成実は眉をひそめる。

(だが、俺が正しい、と。そう認めてしまったら、姉上たちが間違っていることになってしまう)

成実は、姉たちの命が間違っているなどとは思いたくなかった。

しかし、成実が何を言ったところで、香純の心には響かないだろう。彼女は、誰よりも深く、父の遺した呪いに縛られている人だ。

「……はい」

成実は、たくさんの言葉を呑みこんで、小さな返事だけをした。

「分かってくれたならば、良かった。あなたこそ、怪我は、もう大丈夫なのかしら？　あなたにとっては些細な傷だったのでしょうけど、邪気祓いで怪我を負った、と聞いたとき肝が冷えたのよ」

「いつの怪我でしょうか？」

「紗恵さんが、つきっきりで看病していたときの怪我よ。本当、健気なことよね」

「かなり前のことですよ」

初夏のことだったはずだ。

成実にしてみれば、もう怪我の内容すら憶えていない。

そのときの看病の詫びとして、紗恵を連れて《帰咲》を歩いたときの方が、よほど強く記憶に残っていた。

（ふたりで出かけたときも、また悲しいことを言わせてしまったな。俺は、やはり、高良にはなれない。高良であれば、紗恵を笑わせてやることもできただろうに）

紗恵が隣にいてほしかったのは、成実ではなく、愛する兄だったはずだ。

だが、高良が亡くなったいま、その願いは叶わない。紗恵の隣にいるのは、彼女を笑顔にすることもできない、こんな情けない男だけだ。

（せめて守ってやりたい。あの娘を傷つけるもの、すべてから）

百生の当主として邪気祓いに向かうことが、紗恵を守ることにも繋がる。だから、成実は邪気祓いに向かうことをためらわない。

ろくに紗恵と顔を合わせることはなくとも、そうすることで、彼女が生きやすくなるならば良かった。

香純は、くすり、と笑った。

「初夏。そんなに前のことだったかしら？　あなた、ずっと邸には居着かないから、つい、この前のことに思えてしまったの。この一年、あなたよりも紗恵さんと顔を合わせることが多いくらいだもの」

「厭みですか？　邪気祓いに向かうことは、俺の果たすべき役目です。姉上が、当主としての俺に望んだことは、一族の統制をとることではなく、よりの多くの《悪しきもの》を祓うことだったでしょう？」

今さら帰ってきて、という声が、一族のなかにあったことは知っている。

その声を、いまの成実では抑えきることができないから、先代である香純の手を借りていることも事実だった。

一刻も早く、当主としての足場を固めなければならない。

成実ひとりで、一族を統べるだけの力が必要だ。姉の助力を請うている今の状況は、望ましいものではなかった。

「あなたは、思っていたよりも良くやってくれている。一年前、急に帰ってきて、百生を継ぎたい、と言い出したときは、どうしようかと思ったけれども」

一年前の冬、《枯骨峠の化け水鏡》に遭遇し、高良を喪った直後のことだ。

高良の死で、成実が一番に考えたのは、紗恵のことだった。

高良の訃報が伝われば、あの家で、紗恵を守るための砦がなくなってしまう。

成実には迷っている時間などなかった。

どうしても、急ぎ、力が必要だったから、百生の領地に帰った。香純と面会して、当主となるための算段をつけた。

「あのときは、俺の我儘を聞いてくださり、ありがとうございました」

「良いのよ。可愛い我儘だった。神無の女ひとり迎えるだけで、あなたが一族に戻り、当主となってくれた。紗恵さんのことは、安い買い物だったわ」

「紗恵のことを、安い、などとおっしゃらないでください。物ではありません」

「でも、物みたいにあつかったのは、あなたでしょう？　あなたは、自分が当主となるから、紗恵さんを妻に迎えることを許せ、と言った。一度は出ていった一族の力を使って、紗恵さんのことを物みたいに手に入れた。それが事実よ」

香純は、成実の反論など許さぬよう、笑顔で言い切った。

成実は、一族を継ぐ代わりに、紗恵のことを迎える力を手に入れた。

そうして、帝都に戻った成実は、軍部に無理を言って高良の遺体を連れだし、紗恵のもとを訪れたのだ。

兄の死を突きつけられて、途方に暮れる紗恵の心に付け込んだ。

(我ながら、ずいぶん惨い真似だな)

愛する兄を喪い、傷ついた少女を丸め込んだようなものだ。

紗恵を迎えに行ったときに知った、すでに決まっていたという縁談も、一族の力を使って捻じ伏せたのだから、傲慢も良いところだった。

そんな成実に対して、紗恵は向き合おうとしてくれている。

紗恵は、ろくに邸に帰ってこない成実に、途絶えることなく、手紙を送り続けてくれている。成実の力になりたい、と言ってくれた彼女に、成実は応えてやれなかったというのに、健気なことだった。

邪気祓いに向かった先で、彼女からの手紙を開くと、いつも罪悪感を覚えた。

紗恵が心を砕いてくれることを嬉しく思いながらも、彼女の知りたがっていることを、返事に書くことはできなかった。

決して、紗恵に話してはならない。

高良の死は、成実が墓まで持っていくべき罪だった。

「少し、いじめすぎたかしら？　でも、あなたは知っているでしょう。私は、あなたのことを弟として、家族として大事に思っているけれども、あなたが一番ではない。私にとって大切なのは、何があっても一族よ」

「重々、承知しております」

成実にとって、一番上の姉である香純は、育ての親のようなものだ。

子を道具のようにあつかっていた父や、心を病んでしまった母の代わりに、辛抱強く、成実に寄り添ってくれた人である。

成実が、百生の家を出たときも、あらゆる言葉を呑み込んで、笑顔で送り出してくれた人だった。

二十人いる姉の中でも、特別、恩のある相手だ。

しかし、恩人であることとは別に、成実は知っている。彼女は、どこまでも百生の女であり、真に優先するのは、成実ではなく一族の利である。

「あなたにとって嫌な話は、これくらいにしておきましょうか。それで？　こんな夜遅く、私のもとを訪ねてくるくらいだもの。一年前と同じように、何か我儘があるのではなくて？」

香純の問いに、成実は居住まいを正した。

「近いうち、叶うならば明日にでも、紗恵のことを帝都に連れてゆきたいと思います」

「ずいぶん急なことを。理由は？　あなたは当主であり、百生にとっては大事な戦力のひとり。遊ばせておくわけにはいかないのよ」

「帝都には、高良の墓参りに向かいます。高良の墓のことで、ずっと高良と紗恵の生家に問い合わせていたのですが、ようやく返事がありました。俺が、帝都まで足を運んだら、墓の場所を教えてやっても良い、とのことです」

「高良さん。紗恵さんの兄君ね。お墓参りと言うけれども、ご家族のもとに遺骨はないのでしょう？　空っぽの墓に参る必要があるのかしら？」

高良のように《悪しきもの》を死因とする遺体は、特別な土地に送られることが多い。

悪しきものに冒された死体を弔う、浄化する、そういった役割を担っている《神在》の領地に送られるのだ。

故に、高良の墓に、遺骨は納められていない。

「高良の遺骨はなくとも。墓があるならば、紗恵を連れてゆきます。紗恵には、きっと必要なことだと思うのです」

「そう。あなたが、それで快く当主を務めてくれるならば、我儘のひとつやふたつは許すべきなのでしょうね。良いでしょう。あなたが不在でも問題ないよう、私が取り計らいます」

「ありがとうございます」

「本当は、あまり行かせたくないのよ。帝都から、悪い報せを耳にしたの。先日、三澄家の当主が亡くなったそうよ」

三澄とは、領地を持たず、帝都に居を構える《神在》の家である。

「三澄の当主は、直系の女性ですよね。まだ若かったはず。いくら短命の一族とはいえ、亡くなるには早すぎるのでは？」

他家の訃報に、成実は眉間のしわを深くした。

「ええ。だから、疑っているの。帝都で何か事件が起きて、そのせいで亡くなったのではないか、と」

「詳しい話は、何も？」

「宮中が、どこかで情報を止めているのかもしれない。それなら、百生の耳には入ってこないでしょう？　昔と違って、いまの百生は、宮中とは距離を置いているもの」

「宮中との仲は、昔のことを思えば、仕方ないのでは？　百生は、宮中から見捨てられたのですから」

かつて、このあたりで京と呼ばれる土地は、大きな禍に呑まれた。

宮中が京にあったとき猛威をふるったそれは、祓われた今もなお、忌避されるべきものとなっている。

すべて終わったあと、《無名》《詠人不知》などと呼ばれることになった厄災だ。

その禍を祓うために関わった者は、誰ひとり生き残ることができなかった。

禍が祓われたことは分かっても、どのような姿をしていたのかという生き証人はいなかったのだ。

誰も知らないから《無名》。

あるいは、作者の分からぬ歌になぞらえて《詠人不知》。

百生が数を減らし、弱体化することになった原因である。

多くの同胞を失いながら、命がけで京の土地を取り戻した百生に待っていたのは、時の帝と宮中からの排斥だった。

彼らは、京を穢れの土地として捨てて、新天地に向かったのだ。

今上帝よりも、数代前の話だ。だが、百生にとっては、それほど古い話ではない。その時代から、ずっと、百生は苦難の歴史を歩んでいる。

「百生は、もう二度と、帝や宮中に与するわけにはいかない。邪気祓いの神在は、百生だけではないもの。帝や宮中の気に入りは、他家にお願いしましょう」

香純の言うとおりで、邪気祓いを担っている《神在》は他にもいる。複数の一族が、祓う手段に差はあれど、邪気祓いとしての役目を果たしている。

百生が離れるならば、別の邪気祓いの家が、帝や宮中と近しくなるだけだ。

「帝都に行ったら、三澄の女当主が亡くなった件について、軍部にいた頃の伝手を辿って確認してきます。もともと、高良の墓参りをしてから、当時の上官を訪ねる予定だったのです。あの方には、退役に際して、いろいろと便宜を図っていただきましたから」

「良いの？」

「俺は、一度、百生の家を出ました。姉上には申し訳ありませんが、そのことを後悔していません。だから、俺が外に出たことで、一族の利にできるものがあるならば、そうするべきです」

「本当、あなたは正直者ね。嘘でも、一族の外に出たことは間違いでした、とは言ってくれないのね」

「間違いではありません。俺は、一族の外に出たことで、生涯の友を得ました。その妹である紗恵とも縁ができたのですから」

百生の外に出なければ、高良にも、紗恵にも会うことはできなかった。だから、成実は家を出た過去を、恥じることも、悔(く)いることもしない。

◇◆◇◆◇

紗恵のもとに、成実が帰ってきたのは、真夜中のことだった。

紗恵は内心で驚く。いつもどおり、成実の寝所も整えていたが、てっきり今夜も帰ってこないと思っていた。

手紙のやりとりはしていたものの、顔を合わせることは、かなり久しぶりである。

(最後に、きちんと時間を取って、お話しできたのは、一緒に《帰咲》を歩いたときだったから……)

たしか初夏の頃だった。ゆうに半年以上も経っている。

「成実様、おかえりなさいませ。お出迎えもできず申し訳ありません」

「構わない。先に寝ていると思ったが、まだ起きていたのか」

「寒い日は、つい目が冴えてしまって。あまり得意ではないのです」

冬になると、寒さに震えていた幼い日を思い出す。

あの頃の紗恵は、眠ったら、二度と目を覚ますことができないかもしれない、と怯えていた。それだけ自分の死を身近に感じていた。

「そうだな、お前は寒さが苦手だから。高良が、冬を迎えると、お前を心配していたことを思い出す。……高良のことで、話がある」

「お話、ですか？」

「帝都にある、高良の墓に参ることになった。ようやく供養が終わったらしい」

紗恵は、一瞬、言葉を失った。

「お兄様は、遠い地に送られたのですよね？　お墓があるのですか？」

紗恵の異母兄は、一年前、帝都の近くにある《枯骨峠》と呼ばれる山で、命を落とした。遺体は、軍部により遠い地に送られたので、骨すら家族のもとには戻っていない。

故に、帝都に、高良の墓があるとは思っていなかった。

「遺骨がなくとも、墓は必要だろう。死者を悼むために」

「では、成実様は、しばらく帝都に向かわれるのですね。留守のとき、私にできることはありますか？」

「俺だけではない。お前も、高良の墓に参るぞ」

「……でも、私は」

きっと、生家は、紗恵が墓参りに行くことを良しとしない。

紗恵は不義の子である。家の中では爪弾き者で、親しくしていたのは亡くなった高良だけだった。あたたかく迎えてもらえるような娘ではない。

なにより、彼らにとっての紗恵は、高良を誑かして、死に至らしめた存在だ。

「高良は、俺の顔よりも、大切な妹の顔を見たいはずだ」

「いいえ！　お兄様は、私などよりも、成実様だけの方が喜ばれます。とても大事な親友だったのですから」

成実は、兄に守られてばかりだった紗恵とは違う。兄が背中を預けて、頼りにしていた人である。

「俺は、高良のことならば、よく知っているつもりだ。妹を連れていかなければ、あれは不機嫌になる」

成実は語気を強めながら、ぴしゃり、と、紗恵の言葉を撥ね除けた。

「……成実様が、そうおっしゃるならば従います」

「お前は、高良の墓参りに行きたくないのか？」

「そのようなつもりは、決して」

「ならば、行きたい、と言ってほしい。俺の前でまで、自分の心に嘘をつくな」

そこまで言ってから、成実は溜息をついて、片手で前髪をかき乱した。

「すまない。虫の居所が悪くて、きつい物言いになった」

「その虫の居所が悪い理由は、教えてくださらないのですか？」

「お前にはまったく非がないことだ」

「でも、私は知りたいです。……成実様は、私のためと言いながら、いつも大事なことは話してくださらない。お兄様の死についても、百生についても、そう」

「高良の死は……」

紗恵は、成実の言葉に被(かぶ)せるように口を開いた。


「《枯骨峠の化け水鏡》」


成実と高良が遭遇(そうぐう)した《悪(あ)しきもの》。

高良の死に、深く関わっているであろう禍(わざわい)だった。

「知っていたのか」

「以前、希与子様のところで、成実様の残した記録を見ました。……成実様は、いつも私を蚊帳(かや)の外に置きたがる。私には何も背負わせてくださらない。どれだけ近づきたいと思っても、届かない、遠い、と。そう思ってしまいます」

何度、手紙のやりとりを重ねても、成実は口を閉ざしたままだ。紗恵の知りたいことだけは、決して教えてくれない。

「お前が何かを背負うことになるくらいなら、蚊帳の外にいてほしい。その方が、お前を守ることができる。……もう、今夜は寝る。お前も休め。急なことで悪いが、帝都には、明朝に向かう」

成実は、ふたつ並んだ布団の片方に入ると、紗恵に背を向けた。

すでに眠ってしまったのか。あるいは、これ以上は話をしたくない、という意思表示だろうか。

結婚して一年が経つというのに、普段、顔を合わせることはない。今夜は久しぶりに会えたというのに、まともに会話も続かなかった。

妻という立場を与えられても、結局、居候のようなものだ。

(成実様は、お兄様――親友の妹だったから、私のことを娶ってくださっただけ。私に良くしてくださるのは、お兄様のことがあるから)

成実が、紗恵を花嫁として迎えたのは、亡き兄に頼まれたからだ。

生家にいても、紗恵には居場所がなかった。

軍部に属していた兄は、自分が死んでしまったとき、紗恵がどのようにあつかわれるか案じてくれたのだろう。

間違いなく、ろくな目に遭わないと分かっていたのだ。

実際、高良の訃報が届く直前には、歳の離れた男の後妻となるように言われたのだ。成実が迎えに来てくれなければ、紗恵は、その縁談に従うしかなかった。

「成実様。私、明日の仕度をしてまいります」

「……俺は、休め、と言ったはずだ」

「申し訳ありません」

成実は布団から身を起こして、紗恵のことを振り返った。

「すぐに謝るのは止めろ」

「でも。ご不快にさせてしまったから、謝らないと」

「お前は、俺の妻だ。俺の家族だ。家族から何度も謝られると、良い気はしない。お前は、高良に謝られて嬉しかったか？」

「いいえ」

嬉しいわけがない。兄から、ごめんね、と謝られるとき、いつも胸が痛んだ。

「同じだ。俺も、お前に謝られても嬉しくない。分かったならば、今夜は休んでくれ。帝都行の列車でも寝ることはできるが、いま休んだ方が良い。列車で眠ると、身体を痛める」

紗恵は、ゆっくりと瞬きをする。

「……お兄様も、同じことをおっしゃっていました」

兄は、家から出られない紗恵を憐れんで、たくさん外のことを話してくれた。なかには、同僚と列車で移動したとき、交代で仮眠をとっていたら身体が痛くなった、というのもあった。兄の語る同僚は、いつも成実のことだったから、あの話も、成実との思い出なのだろう。

「高良は、そのようなことまで、お前に話していたのだな」

「あの。軍部の機密などは聞いていません」

「言われなくとも分かっている。そのようなことをしていたら、上官に首を刎ねられていただろうよ。……明かりを消してくれ。旅仕度は、家の者に任せてある。お前は、高良の墓前に相応しい格好をしていれば、それだけで良い」

紗恵は言われるがまま、慌てて、明かりを落とした。

外つ国から輸入されたというオイルランプの始末も、はじめは戸惑ったが、一年も経てば慣れたものだった。

布団に入ると、真っ暗闇のなか、成実の息づかいだけが聞こえる。

その息づかいを聞きながら、紗恵は、今夜は眠れないだろう、と思った。

成実は忙しい人なので、同じ部屋で休んだことは数えるほどだ。彼が隣にいる夜は、いつも目が冴えてしまい、一睡もできなかった。

百生に嫁いでからの紗恵は、身に余るほど、大事にしてもらっている。

成実の長姉や希与子、一族に仕えてくれる者たち、皆が、紗恵のことを大切にしてくれる。成実が、そのように根回しをしてくれたからだ。

成実自身からも、高価な色留袖や髪飾り、様々なものを十分過ぎるほど与えられていた。

仕舞い込んだまま、一度も身につけることはできずにいるが、贈り物をしてもらったという事実だけで、紗恵の心はあたたかなもので満たされた。

たしかに気にかけてもらっている、大切にしてもらっている。

それなのに、紗恵は苦しくなるときがある。

(私は、ずっと半端なまま。守られてばかりいる)

いまだ、兄を殺したという、成実の言葉の真意は分からない。

成実の真意を知るまでは、彼の力になりたいと思っていたというのに、それすらも叶わずにいる。

◇◆◇◆◇

翌日の朝早く、紗恵と成実は、帝都行の列車に乗った。

成実が取ってくれた座席は、一年前と同じだった。

客室がそれぞれ小さな部屋のように区切られており、向かい合うように、長椅子(ながいす)が備えつけられている。成実が長椅子に腰かけるのを待ってから、紗恵は追従(ついじゅう)するように、その隣に座った。

「隣に座るのか?」

「あ。……む、向かいに座ります」

「構わない。隣にいると良い」

成実はそう言って、黙り込んでしまった。

がたん、がたん、と揺れる列車のなか、重苦しい沈黙が落ちる。

以前は、どのように話をしていたのだったか。昨夜、ぎこちないまま会話が終わってしまったこともあり、どのような話を振れば良いのか分からなかった。

(お手紙なら、もう少し上手(じょうず)にお話しできるのに)

悩んでいるうちに、紗恵は眠気に襲われる。一睡もできないまま列車に乗ったせいで、成実に注意されていたというのに、うつらうつらしてしまう。

眠気に負けそうになった紗恵の身体に、優しく、何かが掛けられる。

（お兄様？）

どうしてだろうか。

紗恵は、兄が自分の衣を脱いで、そっと掛けてくれたと思ってしまった。兄は亡くなり、その墓参りに向かう道中であるのに、おかしな話だった。

あたたかい、と思ったとき、紗恵は眠りに落ちていた。

夢を見ている。

小さな紗恵が、はじめて高良に会ったときの夢だった。

隙間風（すきまかぜ）の吹き込むような納屋（なや）のなか、飢えを堪えて、寒さに震えていた紗恵のもとに、その少年は現れた。

名は、高良だったろうか。

家を執（と）り仕切る女主人が産んだ、この家の本当の子どもだった。紗恵のように、家系図にも載らないような不義の子ではない。

「本当に、異母妹がいたなんて。名前を教えてくれる？」

「名前を言っても、怒らない？」

高良は、紗恵のことを叩いたりしないだろうか。

高良は目を丸くして、それから悲しそうに眉根を寄せる。

「怒らないよ。妹の名前を知って、嬉しい、と思うよ」

紗恵は不思議に思った。

紗恵の行動は、いつも女主人を怒らせた。まるで、生まれてきたことそのものが間違いであるかのように、激しく詰られ、責められてきた。

女主人は、母が亡くなってからは、母の分まで紗恵を痛めつけるようになった。

だから、いつしか、紗恵は、自分の心を面に出すことができなくなった。

悲しくとも、苦しくとも、この顔はぴくりとも動かない。そのことが、さらに女主人を苛つかせると分かっていても、自分の意志では、どうにもできなかった。

まだ、自分の生まれも分からなかったときに、母が与えてくれた人形と同じだ。

人の姿をしていても、きっと、紗恵は人ならざるものなのだ。他の人と違って、不出来な娘だから、笑うことも泣くことも満足にできない。

「紗恵」

紗恵は、震える声で、自分の名を口にした。

「すごく素敵な名前だ。紗恵」

高良に名前を呼ばれたとき、胸のうちに、じんわりと熱が広がった。寒くて、痛くて堪らなかった日々に、火が灯ったのだ。

高良は、羽織（はおり）を脱ぐと、紗恵の小さな身体を包んだ。

紗恵の存在を知って、そのまま外に飛び出してきたのだろう。高良は、外套（がいとう）もなく、小袖に薄い羽織を重ねているだけだった。

だから、高良が包んでくれた羽織は、冬の寒さを凌（しの）ぐには心許（こころもと）ないはずだった。

それなのに、どうしてだろうか。

紗恵には、何よりもあたたかくて、慕（した）わしく思えたのだ。

「高良お兄様」

すがるように、紗恵が手を伸ばした途端、夢は弾けてしまった。

まるで水に浮かぶ泡（あわ）のように。

紗恵は、中途半端に手を伸ばした状態で、目を覚ました。いつのまにか、列車は停まっており、車輪の音も聞こえない。

「残念だが、俺は高良ではない」

紗恵は、はっとして、座席から身を起こした。その拍子に、紗恵の身体から、真っ黒な外套が滑り落ちていった。成実の外套だった。

「成実様。あの……」

「夢でも見ていたのか？　高良の」

「お兄様と、出逢ったときの夢を見ていました」

成実は切なそうに目を細めてから、床に落ちていた外套を拾いあげる。

「それは幸福な夢だな。帝都に着いた。早く降りないと、車掌に急かされてしまう」

外套を羽織りながら、成実は、早足で客室を出ていった。

紗恵は慌てて、彼の後を追いかける。

列車を降りると、帝都の駅舎には、様々な格好、背丈、年齢の人々が溢れていた。人混みにまぎれゆく成実を見失わぬよう、必死になって足を動かした。

しかし、駅舎から出た途端、紗恵は立ち止まってしまう。

灰色の空から、ひらり、ひらり、と花びらのような雪が舞い降りている。

（お兄様の訃報が届いた日も、こんな雪の日だった）

紗恵の脳裏に、一年ほど前のことがよみがえる。あの日、物言わぬ骸となった兄は、成実の腕に抱かれていた。

「紗恵、足を止めるな。はぐれてしまう」

紗恵は顔をあげる。一年前のことに思い馳せていた心が、現実に戻される。

先を歩いていた成実は、紗恵の姿が見えないことに気づいて、引き返したのだろう。少し乱れた髪を見て、紗恵はますます申し訳なくなった。

「あっ」

急いで歩きだそうとしたとき、紗恵は、振袖の裾を捌くことができず、つまずいてしまう。どうにか踏みとどまって、綺麗な振袖を汚さずに済んだが、危ないところだった。

成実は溜息をつくと、紗恵の手をとった。

「足下には気をつけた方が良い。高良が贈ってくれた振袖を、汚したくはないのだろう？」

「……はい」

紗恵は手を引かれるまま、彼の後ろをついていく。

（帝都に出るなら、もう少し歩きやすい格好にするべきだったかもしれない）

紗恵は、兄が贈ってくれた振袖を見下ろす。

一度も、兄の前では着ることができなかった。せめて、墓参りのときくらいは、と思ったのだが、この調子では控えるべきだったかもしれない。

百生の邸にいるときや、《帰咲》の街を歩いたときとは訳が違う。列車移動があったから、知らず知らず疲れが溜まっており、足下がふらついてしまったのかもしれない。

「まずは、お前の生家に向かう。それから高良の墓参りだ。墓の場所は、手紙では教えてもらえなかったからな。直接、顔を出せ、ということらしい」

「家の者が、申し訳ありません」

「お前の責任ではない。俺のことが気に入らないのだろう。もしくは、神在の一族を嫌っているのか」

此の国における《神在》は、神の血を引かぬ人々にとって、あらゆる意味で特別なのだ。時に畏怖され、時に醜い嫉妬の対象にもなる。

「あの人たちが、いちばん気に入らないのは、私のことです。私は、家が決めた相手ではなく、成実様に嫁ぎましたから」

「つまり、俺の妻を蔑ろにしているわけだ。腹立たしいことだ。紗恵、お前の家のことを、俺は好かない」

「私の代わりに、怒ってくださるのですか？　でも、私は、自分が悪く言われるよりも、成実様が不快な思いをされる方が、ずっと嫌だと思います」

自分のことを悪く言われるのは慣れている。生家の者たちが、成実に醜い言葉をぶつけることの方が恐ろしかった。

「俺は、よほどのことでなければ、不快に思わない」

成実は困ったように笑った。

紗恵の生家は、《煉瓦通り》と呼ばれる帝都でも栄えた通りにある。

外つ国の様式で建てられた館は、もともと、さる高貴な御仁が、貴賓をもてなすために建てたものだという。

それを金に物を言わせて買い取ったのは、紗恵の父にあたる人だったか。

紗恵は、物心ついたときから、この館のことが好きではなかった。

外観や造りは立派で、心惹かれる美しい建物だ。住んでいるだけで、まるで自分が特別な存在になったかのような、そんな優越感に浸れるのかもしれない。

しかし、その気持ちを、紗恵が知ることはなかった。

紗恵が館で寝泊まりしたことは、一度たりともない。生家にいたとき、紗恵の住まいは、敷地の外れにある寂れた納屋だった。

家の人々に命じられた仕事をするために、館にも出入りしていたが、立場としては、給金の出ている使用人たちよりも劣り、誰からも侮られていた。

此の家は、いつも紗恵だけを爪弾きにする。

(高良お兄様だけが、私を家族として受け入れてくれた)

「百生の若君」

豪奢な内装の客室で、紗恵たちを迎えたのは、初老の女だ。上座に腰かけているのは、おそらく意図的なものだろう。

この家の実権を握る女主人であり、高良の母親でもあった。

「紗恵を娶ったとき、当主の座を継いでいる。もう若君ではない」

「まあ。そうだったかしら？　当主とは思えぬほど、お若いのですもの」

襟にフリルのあしらわれたブラウスに、丈の長いスカート。外つ国風の装いに身を包んだ彼女は、わざとらしく足を組んだ。

「そういうあなたは、以前よりも老け込んだようだ」

「人のことを老いぼれあつかいするのは、いかがなものでしょうか？」

「気を悪くしたか？　純粋に、御身のことを案じたつもりだった。なにせ、高良が亡くなった今では、後継にも苦労されているだろう」

「ご心配は無用。高良などいなくとも、あれの上に兄たちがおりますので」

「その兄たちが、高良ほど優秀であれば良いが。……手紙を拝読した。高良の供養が終わった、と。墓の場所を、教えてくれるのだろう？　あなたが寄越した手紙のとおり、こうして帝都まで足を運んだが」

女主人は、苛立たしそうに息を吐く。

「御足労いただいて、申し訳ありませんね。京のあたりにお住まいの方々は、帝都など好かぬでしょう？　そもそも、《神在》様は、お忙しいでしょうに。わざわざ、高良のために、はるばる帝都までいらっしゃるとは思いませんでした。紗恵のことまで連れてきて」

名前を呼ばれて、紗恵は身を震わせる。女主人は、忌々しげに、紗恵のことを睨みつけた。

「高良の大事な妹だ。墓に参るならば、当然、つれてくる」

「大事な妹、ねえ。我が子ながら、本当、ばかな子だったよ。なあ、紗恵！　お前さえいなければ、高良は軍に入ることはなかった。若くして命を落とすこともなかっただろうに」

紗恵は唇を引き結んで、うつむく。

高良が軍部に所属したのは、紗恵のことを生家から連れ出すためだった。

紗恵の異母兄は、高良以外にも数人いる。高良は跡取りではなく、家からも重視される立場ではなかったので、彼自身がどれだけ優しくとも、紗恵のために何かをする力はなかった。

だから、高良は家を出て、士官学校に入り、そのまま軍部に所属したのだ。

軍部で身を立てることで、この家から紗恵を連れ出し、一緒に生きるための立場を得ようとした。

そうして、紗恵のために心を砕いていた兄は、帰らぬ人となった。紗恵がいなければ、今も生きていただろうに。

「だんまりか。あいかわらず愚図なくせに、いっとう悪い女だよ。高良のことを利用するだけ利用して、散々、貢がせて。その振袖も、あの子が仕立てたものだろう？　お前には不相応だ。一度は取り上げたから、良く分かる」

「貢がせたのではなく、高良が望んで、妹のために仕立てたものだ」

「貢がせたようなものですよ。母親と同じで、男を誑かすのが上手いもんです。百生の若君だって、この顔に欺されたのでしょう？　顔だけは良い娘ですから。……まあ、娶った後も振袖を着るのを許すくらいです。正式な妻ではないのでしょう。日陰者ですか？」

「紗恵を侮辱するな。もう、この家の者ではなく、俺の妻だ。——高良の墓は、どちらに？　一年もかかったのだから、さぞかし立派な墓を用意してくださったのだろう」

　女主人はつまらなそうに、扇で口元を隠した。

「帝都にはありませんよ。《枯骨峠》につくらせました。高良が死んだという溜池の近くです。百生の若君には、うっかり、お知らせするのを失念していましたが、ずいぶん前のことですよ」

「どうして」

　思わず、紗恵は声をあげてしまう。

　枯骨峠。それは、高良が命を落とした、帝都の近くにある山である。

　高良の墓は、帝都にあると信じていた。まさか、彼が命を落とした場所にあるとは思わなかった。

「帝都に墓など置けるもんか。こちらでも調べたんですが、高良の死因は《悪しきもの》だったんでしょう？　つまり、高良の遺体は穢れている。だから遺骨も帰ってこなかった。まあ、百生の若君が、一番良く、お分かりのはず。百生は、邪気祓いの家なのでしょう?」

「どのようにして、高良の死に場所を嗅ぎつけたのか知らないが。……死因が《悪しきもの》だからこそ、墓といっても、遺骨を納めるわけではない。帝都に墓を置くことは何ら問題ない」

女主人はゆっくりと、何も知らない振りをするように首を傾げる。

「そのようなことを言われても、私たちのような神の血を引かぬ者には、区別がつきませんもの」

「失礼する。紗恵、行くぞ」

成実に手を引かれて、紗恵は生家をあとにした。

五

煉瓦通りにあるカフェは、通り沿いの席がいちばん人気だという。壁一面、外つ国の色ガラスを組み合わせており、きらきらとした太陽の光が降りそそぐのだ。

「よりによって。枯骨峠に、高良の墓だと？」

成実は悪態をつきながら、木製の丸テーブルを指で叩いた。よほど腹に据えかねたのか、眉間のしわが深くなっている。

「あの。お兄様の、お墓。帝都にあるものとばかり」

「俺も、そう思っていた。散々、こちらの問いを突っぱねたと思えば、この仕打ちか」

成実は、高良の墓について、紗恵の生家に何度も問い合わせていたのだろう。ようやく、墓の話ができると思って、帝都に来たというのに、肝心の墓の場所が場所だ。

「本当に、申し訳ありません」

女主人は、態度も言動も、成実に対しての礼儀を欠いていた。百生の若君、と成実のことを呼んでいたが、すでに成実は一族を統べる当主である。

まさか、あのような出迎え方をするとは思わなかった。

「お前が謝ることではない。高良は家のことを悪く言わなかったが、俺は、ずっと意地の悪い家と思っていた。今さら驚きはしない。本当に、血の繋がった家族か？　高良は、あれほど人が良く、優秀であったというのに」

成実は謝らなくても良い、と言うが、成実のことを不快にさせてしまったことを申し訳なく思う。

「……お兄様は、成実様のことも、優秀だ、とおっしゃっていましたよ」

紗恵は居たたまれなくなって、会話の流れを、兄のことに寄せる。

「俺と高良では、そもそもの前提が違う」

「前提が違う？　同じ軍人ですよね」

「俺は、神在の者として、かなり下駄を履かせられていたからな。お前の兄のように立派な志もなかった。一緒にしてやるな」

「私には、そうは思えません」

「お前が、そう思わなくとも、それが事実だ。高良と同じと言われるよりも、いっそのこと、笑い飛ばしてくれた方が気が楽だな。……お前が笑っている顔を、俺は見たことはないが」

紗恵は目を伏せる。

紗恵が話さないのだから、当然、成実は知らないのだ。紗恵が、意図的に無表情にしているのではなく、どう頑張っても表情を作れないことを。

「お兄様の志を、立派、と言ってくださるのですね」

「立派だろう？　妹を連れ出すために、というのだから。どうして、高良が、すぐにでもお前を連れ出さなかったか、不思議ではあったが」

「士官学校にいるとき、お兄様は、十代の半ばです。まだ独り立ちできるような年ではありません」

「そのあと、軍に入った。そのとき、お前を連れてゆくことはできたのではないか？　士官学校の頃とて、年齢を理由にしているが……。あの家での、お前のあつかいを思えば、苦労したとしても、お前のことを連れ出すべきだったのではないか？」

成実の疑問は尤もで、紗恵も、一度は考えたことのある問いだった。しかし、紗恵の中では、すでに納得のいく答えが出ていた。

「お兄様は、家族を大事にされる方でした。私のことを気にかけてくださいましたが、皆のことを、愛していらっしゃったのだと思います」

高良は、情を捨てられない人だった。

紗恵のことを虐げる家族を咎めながらも、その家族のことも愛していた。

だから、勢いだけで、紗恵を連れ出すことはなかった。

高良が目指していたのは、できる限り、円満に家を出ることだったのだろう。士官学校に入り、軍部に所属したとき揉めたものの、それも確かな立場を得れば、変わるはずだった。

家の者たちは、高良が軍部に所属することを反対していたが、高良が立身出世すれば、おそらく高良のことを認めた。受け入れることができた。

そうすれば、高良は、家の者たちとの関係を悪くすることなく、紗恵を連れ出すことができた。

高良が亡くなった今となっては、叶うことのない理想だった。

だが、その理想こそ、高良の目指している場所だったのだろう。

「なるほど。高良らしいな」

「はい。それに、私は、高良お兄様が、家族も何もかも捨てて選んでくれたとしても、喜ぶことはできなかったと思います」

他の家族を捨てて、紗恵だけを選んでほしいと思ったこともある。だが、そのような行動は、優しかった高良には似合わない。

「喜ぶことはできなかった、か。だが、高良が、お前だけを選んだならば、理不尽に虐げられることもなかった。そう思わないのか？」

たしかに、家から出ることができれば、紗恵が女主人から虐げられることはなかった。

「そうですね。でも、いまの私は、少しだけ、私を虐げていた人の気持ちが分かるのです。

あの人には、私や母を疎み、恨むだけの理由がありました。私たち母娘の存在が、どれほど彼女を傷つけたのか、……小さい頃よりも、いまの方が、ずっと強く分かります」

女主人は、紗恵の母が亡くなった後も、その面影を、紗恵に重ね続けた。

(愛する人の裏切りは、きっと、あの人の心を切り裂いた。私が生まれたことで、その傷は癒えることもなかった)

それでも、彼女は、紗恵の命を摘み取ることだけはしなかった。生かしてくれただけ、まだ恩情があった。

紗恵は、喉がひきつるのを感じながら、話し続ける。

「あの人にとって、私が生まれたことは、間違いなのです。……私も、そう思うときがあります」

兄のことが理由だとしても、成実は紗恵のことを大切にしてくれる。そんな成実の前で、自分の命が間違っているなどと言ってはいけない。そう思っていたのに、言わずにはいられなかった。

「俺は、お前に虐げられるだけの理由があったとは思いたくない。此の世に生を享けた。それだけのことが、どうして、間違いになる？」

「私が生まれたことで、不幸になった人がいる。それは本当のことです」

紗恵がいなければ、女主人は愛する夫の裏切りに傷つくこともなかった。高良も、軍部に入って命を落とすことはなかった。

「お前は、自分のことを大切にできないのだな。ならば、代わりに、俺が、お前を大切にしよう。そうしなければ、墓の前で、高良に叱られてしまう」

「叱るなんて。成実様は、お墓に、お兄様がいらっしゃる、と。そう思われているのですね。遺骨がなくとも、そこにお兄様はいらっしゃるのでしょうか？」

一年前に見た高良の遺体は、まさしく脱け殻であった。きっと、高良の魂は、身体を離れて、どこかに行ってしまったのだ。

果たして、何も納められていない墓に、高良の魂はあるのだろうか。

「きっと、そこにいる。いや、墓の前どころか、もっと近くにいるのではないか？　近くで、俺のことを見張っている。……ここを出たら、今日は宿に向かう。墓参りは明日にしよう。これから枯骨峠に向かうと、夜になってしまう。お前を連れていくことはできない」

「あの。私のことなら、お気になさらず。夜でも平気です」

「ばかを言うな。ろくに夜道を歩いたこともないくせに……」

そこまで言って、成実は不自然に口を閉ざした。まるで、悪さの見つかった子どものように。

成実の視線は、向かいに座っている紗恵ではなく、カフェの入り口に向けられていた。

「成実」

ちょうどカフェに入ってきた男が、紗恵たちの席まで近づいてくる。

不思議議な印象を受ける男だった。

三十歳にも届かないように見えるが、妙に、雰囲気は老成している。身に纏っている小袖も、老齢の男性が選ぶような渋い色合いだ。

そして、成実と同じように、どこか人間離れした美しさがあった。

「何故、こちらにいらっしゃるのですか？　俺の方から軍部にお伺いします、と、報せを送ったはずですが」

「本日、お前が帝都に入った。そういった話を耳にしたから、待ちきれなくなった。知っているだろう？　帝都においては、軍部に隠し事などできない」

「ええ、よく知っています。……お一人で、街中にいらっしゃるなど。職務は、どうされたのですか？　軍部も暇ではないでしょう。特に、あなたのような立場であれば」

成実は頬を引きつらせていた。

どうやら、成実が軍にいたときの知り合いらしい。詰襟の軍服姿ではなかったので、まさか軍人とは思わなかった。

「視察ということにしておけ。俺の行動にあれこれ口を出すな」

「口も出します。あなたは、もう俺の上官ではありませんから」

「ほう、生意気な口を利くようになった。指導が必要だな」

「ご容赦ください。退役した後も指導を受けるなど御免です」

「本当に可愛くないな。高良ならば、素直に聞き入れただろうに」

兄の名に、紗恵は肩を揺らした。

「高良は関係ないでしょう。……紗恵、相手にしなくても良い」

「なんだ、可愛らしいお嬢さんを連れていると思ったら、高良の血縁か？　顔は似ていないが、目だけは高良とそっくりだ」

「妹です」

男は目を丸くして、それから成実の肩を叩いた。

「なんと。婚姻の相手は、高良の妹だったのか？　良かったな。いつも高良に突っぱねられていただろうに」

「それは言わないでください！」

「言わせろ。お前が、急に退役する、領地に帰る、婚姻を結ぶ、と我儘を言うものだから、あちこちに頭を下げることになったんだぞ。……そうか、高良の妹を迎えるためだったか。昔の、生意気な甘ったれ小僧のままだったら、きっと考えもしなかっただろうに。立派になって」

「……もう、これくらいで許してもらっても？　話なら、軍部に伺うとき聞きます」

「許さない。少し高良の妹と話したいから、お前は席を外せ」

「それは！　紗恵を一人にするなど！」

「忘れたとは言わせない。どれだけ便宜（べんぎ）を図ってやったと思っている。なに、悪いようにはしない。高良は可愛い部下だったからな」

成実は額に手をあてながら、深々と溜息をつく。

「紗恵。嫌なら拒否して構わないが、もしそうでないならば、少し相手をしてやってくれ。高良の上官だ」

「はい。私も、御挨拶（ごあいさつ）の機会をいただければ、と思います」

兄の上官だったならば、紗恵も伝えたいことがあった。

成実が席を立つと、代わりに軍人の男が、紗恵の正面に座った。テーブルに頬杖（ほおづえ）をつきながら、彼はじっと紗恵を見つめていた。

「兄が、お世話になりました」

「大した世話はしていない。亡くなったときも、いろいろなしがらみがあって、ほとんど何もできなかったからな。惜しい男を亡くした。あまりにも若い、早い死だった。成実がいちばん悔いているだろうが」

紗恵は、この人が成実に席を外させた理由を察した。成実の前で、高良の死について語ることを避けたかったのだろう。

紗恵は膝のうえで拳を握った。

「あの、私は、兄が亡くなったときのことを知らないのです。成実様は、お兄様を殺した、とおっしゃいましたが、私には、そうは思えません」

「高良を殺した。なるほど。成実は、そのように話していたのか」

男の口ぶりに、紗恵は確信する。

やはり高良の死には、紗恵の知らない事情が隠れている。

「私は、本当のことが知りたいのです。成実様のためにも」

「ふむ。成実のため、ときたか」

「そうしないと、いつまで経っても、成実様は自由になれません。……成実様は、お優しい人だから、お兄様の望んだとおり、私のことを娶ってくださいました。でも、思うのです。成実様は、死んだ人間の望みなど、叶える必要があったのか、と」

男は苦笑いを浮かべる。

「その問いの答えは、成実の口から聞きなさい。あなたにとって、悪いようにはならない。成実は、あなたのことを好いているだろうから」

（いいえ。成実様が優しくしてくれるのは、お兄様のことがあるから。私を好いてくださっているわけではない）

成実は、紗恵たちから離れた場所で、女給と話をしていた。

蒲公英のような珍しい色の髪をした、はっとするほど背の高い女給だ。上背のある成実とも釣り合いが取れていて、とても絵になる二人だった。

許嫁であったという、希与子だけではない。

成実に似合う人は、紗恵以外にも、たくさんいる。その身に流れる血でも、容姿でも、紗恵よりも相応しい人がいるのだ。

「どうして、好いてもらえるのでしょうか？　私は、成実様の妻にふさわしくないのに」

紗恵は、どうしようもなく愚かな娘だから、成実とは釣り合わない。

そう思っているくせに、自分以外の娘が、成実の隣に立っている姿を見ると切なくなる。

成実にふさわしい娘がいると思い知るほど、勝手に傷ついてしまうのだ。

紗恵は、いまも変わらず、成実に恋をしている。息の根を止めなくてはならない、と思っていた恋心を、殺すことができるにいる。

「成実もあなたも、互いに言葉が足りないようだ。――成実！」

男は手を挙げて、成実を呼び戻す。上官と部下であった頃の癖なのか、成実は驚くほどの速さで戻ってきた。

「紗恵に、余計なことを吹き込んでいませんか？」

「吹き込んでいない。余計なことならば、これから、お前に話をするところだ。気が変わった。お前が訪ねてきても黙っているつもりだったが、話すべきなのだろう」

「三澄の女当主が亡くなった件ですか？」

「それも関係する。冬になってからのことだ。枯骨峠の《化け水鏡》が、再び顕れた」

瞬間、成実はテーブルを強く叩いた。華奢なカップが、がたん、と揺れて、白いクロスに染みをつくる。

「あれは！　あの《悪しきもの》は、一年前、たしかに俺が祓いました！」

「本当に？　祓われた振りをして、ずっと隠れていたのかもしれない。あるいは、一度は祓われたものの、再び顕れたのか。百生に生まれたならば、良く知っているだろう。《悪しきもの》との戦いは、終わることのない鼬ごっこだ、と」

成実は唇を戦慄かせると、腰元に佩いている刀に触れた。

紗恵は、その刀が鞘から抜かれたところを見たことはない。だが、外出するとき、成実は必ず刀を佩く。

百番様の花枝を炉にくべて、鍛えた刀である。

百生に生まれた者が振るうことで、その刀は《悪しきもの》を祓うのだ。

「すでに、犠牲者が出ているのですね。三澄の女当主ですか？」

「ああ。枯骨峠の溜池は、帝都にとって重要な水源のひとつだ。水を清めに向かったところ、襲われて亡くなった」

「三澄の当主の遺体は？」

「全部ではないが、どうにか彼女の夫君が持ち帰ってくれた。かなり渋られたが、遺体も軍部で引き取ることはできた」

「渋られたのですか？　三澄とて、御役目のことは承知しているでしょうに」

「承知していても、心のうちでは納得がいかない。愛する者の遺体が、朽ち果てる日まで利用される。お前ならば耐えられるか？」

三澄。おそらく神在のひとつであり、百生とは別の家のことだ。

その三澄をめぐって、否、三澄家の女当主が亡くなった《悪しきもの》を巡り、成実たちは何らかの会話をしている。

（どういうこと？　お兄様と同じように、《化け水鏡》に巻き込まれて亡くなった？）

枯骨峠の《化け水鏡》という名が出た以上、紗恵も無関係でいられない。その《悪しきもの》と遭遇した日、高良は命を落としたのだから。

「軍部で、再び顕れた《化け水鏡》の囲い込みの準備は終わっている。あとは祓うだけ……」

元上官の言葉を遮るよう、成実は唇を開いた。

「俺が祓います。そのために、退役した俺が知るべきではないことを、教えてくださったのでしょう？」

「断ってくれても構わないぞ。邪気祓いの《神在》は、百生だけではない。他家もいる。もともと、そちらに頼むつもりだった」

「断ると思いますか？　俺が」

「いや、お前の性格ならば受けるだろう。成実。お前は、やはり高良の死に、責任を感じているのだな。一年前、あれは不幸な事故だった。予期せず、お前と高良が、《悪しきもの》に遭遇しただけのこと」

「そうだとしても。あの《化け水鏡》だけは、俺が祓わねばなりません。高良の仇です」

　成実は怒りを堪えるよう、もう一度、テーブルを叩いた。

「祓うならば、明日の朝、枯骨峠まで来い。邪魔をしたな。短い間であったが、高良の妹君と話ができて良かった」

　成実の上官だったという男は、紗恵を一瞥（いちべつ）してから、去ってゆく。

「お兄様の、仇？」

「お前は関わらなくても良い。……高良の墓参りは、明日ではなく、すべてが終わってからにする。しばし待っていてくれ」

「また、そうやって私のことを遠ざけるのですね。私が、成実様の妻としても、お兄様の妹としても至らないからですか？」

「お前のことを、至らないなどと思ったことはない」

　成実はそう言うが、紗恵の胸には悪いことばかりが浮かんでいった。

「それなら、どうして？　どうして、成実様は、私のことを信用してくださらないのですか。お兄様を殺した、と言うのは、だから、これ以上の詮索（せんさく）をするな、という拒絶ですよね。私には、何も背負わせてくださらないのですか？」

　成実は、そっと紗恵から目を逸（そ）らした。

「お前には話せないこともある。……悪いが、若い娘の機嫌の取り方など知らない。甘い物で良いか？　さっき、あの背の高い女給に頼んだ。いま帝都で流行っている、外つ国の菓子があるらしい。百生の家では、そういったものは珍しいだろう？」

「……成実様は、甘い物がお嫌いでしょう」

「だから、お前に、だ。ここに来る前、生家で嫌な思いをしただろう？　口直しだ」

口直し。紗恵のことを気遣って、苦手な甘い物を頼んでくれたらしい。

あからさまに、甘い物で誤魔化されたような気がしたが、成実の気遣い自体は嬉しく思う。

「ありがとうございます。嬉しいです」

「そうか、嬉しいのか。お前の好みは、俺には良く分からないからな。俺の贈ったものは、あまりお気に召さないのだろう。衣も髪飾りも、小物も、使っているところを見たことがない」

紗恵の頭に、春の花に燕を合せた色留袖が浮かぶ。織物の街で仕立てられた色留袖は、紗恵には勿体ないくらい上等なものだった。

そもそも、あの衣を含めて、成実の贈り物は、紗恵の物ではない。

「成実様の贈り物は、本当の奥様のものでしょう？　いつかのために、私が使うべきではありません」

紗恵たちは、まことの意味で、夫婦となったわけではないのだ。

いつ紗恵の代わりとなる人が現れても良いように、心構えをしなくてはならない。どれだけ胸が痛んでも、いつか訪れる別れを受け入れるしかない。

「本当の奥様？」

「いつか、成実様が心からお慕いする方が現れます。その方こそ、成実様の贈ってくださったものに相応しい方です。もし、あなたが妻に迎えたい方がいらっしゃるなら、私はいつでも……」

紗恵の言葉を遮って、激しい音がする。成実が丸テーブルを拳で叩いた音だった。

「俺は、お前以外を妻に迎えるつもりはない」

「お兄様に頼まれているから、ですか？　でも、亡くなった人との約束を、いつまでも律儀に守る必要はありません。成実様には、成実様の人生が、幸福があるのですから」

「俺の人生、俺の幸福。それを、何故、お前が決める？」

成実の声は、わずかに震えていた。

やがて、背の高い女給が、甘味を運んでくる。

途切れてしまった二人の会話は、カフェを出て宿についてからも、再開されることはなかった。

◇◆◇◆◇

宿の二階にある客室には、小さな上げ下げ式の窓があった。

紗恵は一人きり、窓辺に立って、降り続ける雪を眺めていた。

花びらのような雪は、美しく幻想的だが、それ以上に恐ろしいものであることを、紗恵は身をもって知っていた。

冬を迎える度に、幼い日を思い出す。

紗恵が暮らしていた納屋は、とても古く、いつも冬風が吹き込んできた。特に、雪の日になると、寒さで身体中が痛くて、痛くて、堪らなかった。

母を亡くしたばかりの紗恵は、裸同然の襤褸しか与えられなかったから、なおのこと。

『紗恵』

頭の奥で、柔らかな少年の声がする。遠い日の兄の声だった。

彼は、納屋に押し込められた異母妹の存在を知って、すぐに駆けつけてくれた。

あのときの紗恵は汚れて、みすぼらしくて、鶏がらみたいに痩せた子どもだった。そんな紗恵を見ても、兄のまなざしには侮蔑がなかった。

ためらうことなく自らの羽織を脱いで、紗恵を包んでくれた。

薄手の羽織だった。それなのに、何よりもあたたかかったことを憶えている。

紗恵にとって、兄が与えてくれる衣は特別だった。彼は、長じてからも、紗恵のためにたくさんの衣を仕立ててくれた。

一度は取りあげられて、兄が生きているときは、身に纏うことはできなかったが。

嫁いでからの紗恵は、兄の仕立ててくれた衣を着ると、兄が見守ってくれる気がして、少しだけ勇気が出た。

『俺の人生、俺の幸福。それを、何故、お前が決める？』

カフェで、どうして成実が怒ったのか、紗恵には分からなかった。だが、分からないからこそ、成実の心を知りたかった。

紗恵は、振袖を見下ろして、小さく拳を握る。亡き兄が、そっと背中を押してくれた気がした。

紗恵は窓を閉めると、成実を探すため、客室を出る。

宿泊客に開放されている場所を、あちらこちら探しまわるが、成実の姿はなかった。心細さを堪えながら、最後に、庭へと向かう。

しんしんと雪の降る庭に、大きな背中を見つける。

成実は、どこか上の空で、雪を被った木の下にいた。

年老いた梅の木だった。春を待たず、すでに花をつけているのは、もしかしたら、最後の一花を狂い咲かせているのかもしれない。

成実は、降り続ける雪のせいか、紗恵が庭に来たことに気づかない。

「どうしたら、紗恵は笑ってくれると思う？」

彼は、まるで梅に話しかけるように、そう零した。事実、本当に梅の木に話しかけているのかもしれない。

百生が所有する神――百番様は梅の姿をしており、成実には神の血が流れている。

「笑ってほしい。だが、何をしても、紗恵は喜ばない、笑ってくれない。俺は、いつも謝らせてばかりだ」

紗恵は、いいえ、と叫びたかった。

いつだって、成実の気遣いに喜びを感じていた。だが、紗恵はそれを顔に出すことも、口にすることもできなかった。

成実は、亡き兄に頼まれたから、紗恵を妻にしてくれた。

紗恵のことを好いて、望んでくれたから、迎えてくれたわけではない。そう思っていたから、申し訳なさが募った。

（でも。本当に？　成実様が、私に向けてくれた厚意は、お兄様に頼まれたことだけが理由だったの？　もっと別の理由だって、あったのかもしれない）

兄のことだけが理由だったのではない。兄のこととは別に、紗恵自身のことも大切にしようとしてくれたのではないか。

紗恵は、ずっと、成実の厚意を無下にしてきた。兄を理由にして、成実と向き合うことなく、逃げていたのかもしれない。

「俺は、高良の代わりにもなれない」

紗恵はうつむく。

（お兄様の代わりになど、ならなくて良いのです。だって）

紗恵は、兄が生きていた頃から、成実に恋をしていた。

兄の話を聞く度に、手紙を交わすほどに、どうしようもなく惹かれていった。

取り繕うことを知らず、物言いにはきついところがあるのに、まったく憎めない人なのだ、と兄は笑っていた。

成実は、当たり前のように、誰かに手を差し伸べることができる人だ。

もし、幼い日の紗恵がそこにいたら、紗恵のことを連れ去ってくれただろう、と。

兄の言うとおりだ。成実は、いつも真っ直ぐ、紗恵に手を差し伸べてくれていた。

紗恵たちには、言葉が足りなかった。死んだ兄のことを理由にして、互いの心に、深く踏み込むことを恐れた。

それでは、分かり合えるはずもなかった。


日の出にも早い時刻のことだ。

紗恵が眠っていると思ったのだろう。成実は、紗恵に声をかけることなく、外に出るための仕度をしていた。

おそらく、兄の仇だという《悪しきもの》を祓いに向かうのだ。

高良の墓参りは、その《悪しきもの》を祓った後になる。成実は、神の血を引かぬ紗恵が、高良のように命を落とすことのないように、とも考えているのだろう。

（嫌だ）

一睡もできず、彼の背を見つめていた紗恵は思う。

（私たち、何も分かり合えないまま。私は、結局、何も知らないままで。それなのに、成実様は、邪気祓いに向かうの？　お兄様のように、死んでしまうかもしれないのに）

そこまで考えて、紗恵は唇を嚙む。

結婚してから、成実は百生の邸に居着かず、邸を空けていることが多かった。紗恵が嫁いでから今日に至るまで、成実は何度も命を懸けて、邪気祓いに向かっていたのだ。

実際、怪我を負ったこともあるのに、紗恵は心のどこかで安心していた。成実の身には、とても強く、神様の血があらわれているという。だから、彼は強い。簡単に死ぬことはない。

あのとき、成実の言葉に安心して、紗恵は考えることを放棄したのだ。

成実のことを大切に想うならば、紗恵がするべきことは口を閉ざして、黙って見送ることではない。

紗恵は立ちあがって、今にも部屋を出ようとする成実の背中に飛びついた。

「紗恵？」

成実は足を止めて、顔だけで振り返った。何処かあどけない、少年のような表情をしていた。

「ご武運を。無事に。無事に、帰ってきてください。それだけで……っ、ううん、それだけが良いんです」

紗恵の身には、神の血など流れていない。この先も、紗恵は、成実たちの言うところの力なき、弱い人々にしかなれない。

それでも、私たちは違う生き物だから、と諦めて、背を向けたくなかった。

たとえ祈ることしかできなくとも、その祈りを届けたい。ここに、あなたの力になりたい、と、あなたの無事を祈っている者がいる、と伝えたかった。

「それは、俺ではなく、高良に言うべきだったな」

成実は苦笑して、紗恵の身体を、そっと押し返した。

「成実様！」

雪の降るなか、成実は一人で、枯骨峠に向かってしまった。

一年前の冬。成実と高良は、枯骨峠にいた。

行方不明になったという、とある要人の娘を探していた。

要人は、娘が行方不明という醜聞を隠したかったのだろう。秘密裏に、軍部にまで捜索の依頼があったのだ。

「娘さん、無事だと良いね」

高良の言葉に、成実は顔をしかめた。

「無事であってほしいが、難しいのではないか？　恋人を亡くしたのだろう。世を儚んでも無理はない。いなくなってから、三日だったか」

行方不明となっている娘は、恋人を亡くしたばかりで、気の迷いを起こすかもしれない、と心配されていた。

「うん。もう三日だ。こんなに寒いんだもの。早く見つけてあげないと」

絶え間なく雪の降る空を見あげて、高良は小さく拳を握っていた。

やがて、成実たちは、枯骨峠にある溜池のあたりに辿りつく。

人工的につくられた巨大な溜池は、帝都にとって重要な水源のひとつである。

より正確に言うならば、帝都の周縁部で行われている農業のための用水だ。貯水された水は、人工の川となって農地を潤した後、大きな河川と合流するよう整備されている。

帝都の人口は、帝と宮中が移ってきた時代から、膨らむばかりだ。人々の生活を支えるために多くの食料が必要となり、その頃から、昔から帝都のまわりにあった溜池の再整備が盛んになった。

こういった溜池は、雨量が少ない年に貯水できることから、重宝される。

また、その逆も然りだ。雨量が多い年には、流木や土砂が溜池に留まることで、人々の生活区域への被害を防ぐ役割を担っていた。

「溜池のなかも探すべきか？」

あまり気が進まなかった。探すことが嫌なのではない。探して、遺体が見つかったときのことを思うと、気が塞ぐのだ。

未来ある若い娘が、冷たい水に身を投げたと思うと、遣る瀬なさが募る。

「溜池のなかも探すべきだろうね。もし、不幸なことがあったなら、遺体だけでも連れて帰ってあげたい。きっと、待っている人が……」

「高良？　どうした」

不自然に途切れた声に、成実は振り返った。

いつのまにか、高良は溜池の淵に立っていた。あと一歩でも進んだら、池に落ちてしまう場所だ。

「何をしている！」

高良は、成実の声に反応しなかった。そのまなざしは、溜池の水面に釘づけになっている。

「紗恵。どうして、こんなところに」

その名は、高良の愛する妹のものだった。

高良は、水面——否、水面に映る何かを見て、妹の名を呼んでいる。

「高良！　違う。それは、お前の妹ではない！」

高良は妹の名を口にしたが、成実の目には、水面で黒い影が蠢いている様子が映っていた。

成実の身には、百番様の血が流れている。

邪気祓いの神在として、《悪しきもの》の本質を捉える目を持っている。

だから、その水面にいるものが、何であるのか理解した。

(何故。こんなところで《悪しきもの》に遭遇する！　軍部に情報はなかった)

成実たちが属している部隊は、少々、特殊な成り立ちをしている。

そのため、《悪しきもの》の情報があれば、成実たちのところに降りてくる。それも、このように帝都に近い山中のことならば、真っ先に共有されるはずだった。

「高良！」

成実は、もう一度、彼の名を叫ぶ。

しかし、成実の声は届かないのか。

「泣かないで、紗恵」

柔らかな色をした高良の目は、焦点があっていない。だが、その目には、おそらく愛する妹の姿があるのだ。

（まるで《水鏡》だ。対峙する者の心を、いや、これは愛する者の姿を映しているのか？）

高良は、光に吸い寄せられる蛾のように、《悪しきもの》に手を伸ばした。

次の瞬間、黒い影が、急速に大きくなって、高良のことを丸呑みした。

成実は、抜刀し、大きく一歩を踏み出した。

（判断を間違った。もっと早く、無理やりにでも高良のことを回収して、撤退するべきだった！）

成実ひとりならば、問題なかっただろう。

だが、神の血を引かぬ高良が一緒だったのだ。成実がするべきは、撤退し、上官に報告をあげ、指示を待つことだった。

「聞こえるか！　高良！」

蠢く影が、成実の声に反応するよう、小さくなった。丸呑みにされていた高良の姿が見て取れる。

高良が、《悪しきもの》に抗っているのだろうか。

しかし、成実の期待は、一瞬にして霧散した。

神の血を引かぬ高良に、何を期待していたのか。成実は知っていたはずだ。《悪しきもの》の前では、神無たちは無力だ、と。

成実の目は、残酷な真実だけを映す。

(同化している。高良のことを取り込んだのか)

最早、高良は《悪しきもの》に取り込まれて、一体となっていた。

このままでは、《悪しきもの》は高良のすべてを残さず喰らってしまうだろう。ならば、今のうちに、高良ごと切ってしまうべきだ。

そうすることで、高良の命は無理でも、遺体だけは持ち帰れるかもしれない。

理解した途端、刀が鈍った。成実の人生では、はじめてのことだった。

高良を切ることに、躊躇してしまった。

成実は、生まれたときから邪気祓いだった。

自分が、軍部において上から目を掛けられているのも、邪気祓いとしての力があるからと知っている。成実は、自分から一族に背を向けたというのに、その力をもって自分の居場所を得たのだ。

何処に行っても、邪気祓いとして生まれたことからは逃れられない。だから、こんな風に、太刀筋が鈍ったことが信じられなかった。

「成実」

名を呼ばれる。

もしかしたら、名を呼んでくれた、と思いたかったのかもしれない。

一瞬、高良ごと、《悪しきもの》の動きが止まったように見えたのは、成実の願望だろう。高良には、《悪しきもの》に抗う力はないのだから。

迷ってはいけない。迷ったら、もう切れなくなると知りながら、成実の頭には、走馬灯のように高良との記憶が巡った。

はじめて会ったときから、柔らかな笑顔を向けてくる男だった。

あの頃の成実は、誰も彼も拒んでいたというのに、気づいたときには、高良が隣にいた。

寂しい人間に寄り添うことが、いっとう、得意な男だった。気が優しいから、誰かを放っておくことのできないお人好しだ。

成実は、高良を通して、はじめて、神の血を引かぬ人々を、自分たちが守るべき存在のことを知った。生まれたときから、守りなさい、と教えられてきた存在を、強く意識するようになった。

自分の生まれにも、一族にも背を向けて、外に飛び出したというのに。

皮肉なことに、外に飛び出したことで、成実は自分の生まれた意味を知った。邪気祓いとして生きるということが、どのようなことか分かってしまった。

士官学校に入ってから、軍部に所属するまで、ずっと苦楽を共にしてきた。成実にとって、心から気を許せる唯一の友だった。

何の憂いもなく背中を預けることのできる、成実の絶対的な味方だった。

(だから、俺が、高良を連れて帰らなくては)

高良の愛する異母妹のところに、遺体だけでも連れて帰ってやりたい。

一閃。ためらいを捨てて、成実は刀を振るった。

実に呆気なく、その《悪しきもの》は祓われた。

成実は、溜池の淵に倒れた、高良の遺体に手を伸ばした。

軍服の袖から見える手や、襟元から露出した首が黒ずんでいる。おどろおどろしい色は、とても人の皮膚には見えなかった。

「高良」

つい先ほどまで、生きて、会話をしていた。ほんの一瞬、成実が判断を間違ったせいで、親友の命は失われたのだ。

行方不明となった要人の娘には、きっと、待っている人がいる。だから、連れて帰ってやりたい、と、高良は《悪しきもの》に遭遇する直前に言った。

（お前にだって、待っている人がいただろう？　高良）

降り続ける雪のなか、息絶えた友を抱いて、成実は慟哭した。

◇◆◇◆◇

夜が明ける前に、成実は《枯骨峠》に辿りついた。

山道には、軍部に所属していたときの上官の姿があった。カフェで会ったときとは異なり、詰襟の軍服姿である。

「お待たせして、申し訳ありません」

「大して待っていない。高良の妹は、置いてきたのか？」

「当然でしょう。紗恵は、高良と同じく、神の血を引かぬ娘なのですから。巻き込むわけにはいきません」

「だから、蚊帳の外に置く、と。そんな神の血を引かぬ女を妻に迎えたのは、お前だろうに」

「あなたも言うのですか？　俺が妻として迎えるべきは、他の女だった、と」

この一年、腐るほど言われたのだ。

何故、神の血を引かぬ女を、妻として迎えたのか、と。

百生の分家の者たち、場合によっては百生と関わりのある《帰咲》の民であることもあった。

彼らは、成実を思って苦言を呈しているつもりらしいが、余計な世話だった。

「いや？　俺は、お前が妻を娶り、血を繋げるのであれば構わない。独り身でいられるよりマシだろう。邪気祓いに数を減らされるのは困る。お前たちは、国の結界の要でもあるのだから」

邪気祓いを担う神在は、百生だけではなく、複数の家がある。祓い方こそ違うものの、共通する部分も多かった。

そのひとつが、国を守る結界の要だ。

各地に散らばっている邪気祓いの家々を点とし、線で繋いで、囲いを作る。その囲いこそ、国土に《悪しきもの》を顕れにくくする結界である。

すべてを防ぐことはできない。だが、結界があることによって、《悪しきもの》の顕れを、ある程度、抑えることができる。

尤も、その結界も、いまは十全ではない。

いま、此の国には、一番目から百番目の神は半分も残っていない。所有する神を失い、神在としては亡びを迎えた一族もあるのだ。

亡びた神在には、当然、邪気祓いの家もある。

此の国を囲っていた結界も、国生みのときに比べたら歪な形となった。これ以上、邪気祓いの数を減らしたら、さらに《悪しきもの》による被害が大きくなってしまう。

上官の懸念は、そういった理由だろう。

「むかしの俺は、百生のことを嫌っていました。自分の血は呪われていると思っていたのです。どれだけ邪気祓いとして立派でも、……俺の父は、家族のことを苦しめた。俺が生まれるまでに、たくさんの人間が悲しんだことを知っていました」

成実の命は、生まれる前から呪われている。

百生という一族を亡ぼさぬために、邪気祓いとしての血を後世に遺すために、成実や姉たちも、その母親たちも苦しむことになった。

「血の繋がった家族を苦しめるような一族など、俺の血など、亡びてしまえ、と。そう思ったこともあります」

記憶にいる母は、泣いてばかりだった。母の笑顔を見たのは、ただ一度きり、《帰咲》の甘味処に連れていってくれたときだった。

こちらの胸が痛くなるくらい、さめざめと涙を流す人だった。

泣き暮らすうちに、彼女は心を壊してしまった。百生の領地の隅で、療養の日々を過ごしている母は、もう成実の顔さえも認識できない。

成実の母は、一族の存続のために、身も心も傷つけられた人だった。

彼女は、父を一人の男として愛していたのだろう。だが、父は違った。数多くいる妻の一人でしかなく、そもそも妻たちの誰にも情を持っていない男だった。

あの男がこだわったのは、百生の存続だけだった。

数を減らし、緩(ゆる)やかに亡びを迎える一族を保つために、多くの妻を迎えて、多くの子を生(な)した。父にとっては、妻たちも、生まれた子どもたちも、百生という一族を守るための道具だった。

(いや。あの男にとっては、自分の存在すらも、道具だったのかもしれない)

「お前の父親は、神在としては正しかった」

成実たちの上官だった男は、神在の者である。

時に神の血を色濃く引いた者は、人よりも長い時を生きる。

成実の父親が存命で、当主を務めていたのは、ずいぶん昔のことであるが、記憶には残っているのだろう。

成実よりも、よほど深く、成実の父を知っている。

「神在として正しくとも、妻を、子を、周りを巻き込み、たくさんの悲しみを生みました。だから、俺は同じ轍を踏みません。紗恵を不幸にするためではなく、紗恵を幸福にするために、俺は百生に戻りました。高良が願ったように、必ず、あの娘を幸せにします」

「あまり気負いすぎるなよ。……お前の隣に、いまも高良がいてくれたら、と思う。お前は真面目が過ぎるから、高良と二人で、荷物を分け合うくらいが、ちょうど良かった」

その言葉は、もしも、の話だ。

成実の隣には、心を寄せて、命を預けてきた親友はいないのだ。

『成実』

高良の声がする。柔らかな声で、名を呼ばれることが好きだった。

成実の心に、いとも容易く住みついた、成実とは生まれの違う人。どうしたって分かり合えないと思っていた、神の血を引かぬ男こそ、成実の生涯の友だ。

「いまでも、心は、高良と共にあるつもりです。高良が、どう思っているのかは、分かりませんが」

死者は語らない。あの日、成実が切った親友の心は、闇のなかだ。

それでも、成実は願っている。

いまも、彼の魂が、心が、共にあることを。成実が不甲斐ないことをして、紗恵を不幸にしないか、見張っていてほしい。

「では、二人分の武運を願おう」

かつて、上官として、成実と高良を見守ってくれていた人は、成実の肩を叩いた。一度ではなく、二度、無事を祈るように。

「行ってまいります」

成実は、腰に佩いている刀の柄に、右手をかける。

百番様の花枝を炉にくべて、鋼から鍛えられた刀は、百生の一族に生まれた者に与えられる、邪気祓いのための特別な刀だ。

そのまま、目を、耳を、何よりも己の身に流れる血を頼りに、《悪しきもの》の気配を追い、近づいてゆく。

その《悪しきもの》は、一年前と同じように、山中にある溜池を根城としていた。

高良が死んだあと、百生の一族に戻ってから、成実は知った。

他の土地で、過去、似たような《悪しきもの》が顕れていたことを。

それは《化け水鏡》と呼ばれる厄災だった。

曰く、水面に映し出される影のように、遭遇した者の心を映す。その者の記憶を覗き、その者が最も愛する人間と同じ姿に化けるのだ。

それこそが、《化け水鏡》と呼ばれるようになった由縁。

様々な姿かたちを取り、此の世に顕れる《悪しきもの》の中でも、いっとう性質の悪い厄災であった。

高良の死は、まさしく、そうであった。

だから、成実は《枯骨峠の化け水鏡》という名で、高良を殺した《悪しきもの》の記録を残したのだ。

あのとき、たしかに祓ったはずの《悪しきもの》は、再び、この地に顕れた。

親友の仇。妻を哀しませるもの。

そんな存在、此の世に在ることを許してなるものか。

「一年前、高良の前でも、お前は紗恵の姿を取ったのだろうな」

高良の愛する者など、異母妹に決まっている。そして、いまの成実の心を映すならば、同じように、紗恵の姿を取ると分かっていた。

成実は鯉口を切り、抜刀と同時、飛び出した。

ためらいなく飛び込んだ成実に対して、《化け水鏡》は、微笑みながら身を翻した。

ひらひらと揺れる色留袖に、成実は自嘲する。

一年前、真っ黒な影のようなものだった《化け水鏡》は、華やかな色留袖を纏った少女の姿をしている。

春の花に燕を合わせた紋様は、成実が一目惚れしたものだった。

むかし、紗恵が手紙に書いてくれた燕のことを思い出し、良く似合うと思って、贈り物にまぎれさせたものだ。

「残念ながら、紗恵は、その留袖に袖を通したことはない」

成実の目に映る《化け水鏡》は、成実が贈り、されど紗恵が一度も纏ったことはない色留袖を着ていた。

そうして、幸せそうに、成実に笑いかけるのだ。

「俺に笑いかけることもない」

半ば、己に言い聞かせるかのように、成実はつぶやく。決して、自分の刃が、鈍らないように。

瞬間、耳を劈くような声が響く。

成実に迷いがないことを覚ってか、《化け水鏡》は、紗恵の声で泣き叫ぶ。

その隙を見逃さず、畳みかけるよう、成実は一太刀浴びせた。

血飛沫が舞う。まるで、本物の紗恵が傷ついたかのように。

愛する妻と同じ姿をしたものが傷つき、泣いている姿に、成実でさえも胸が痛む。

まるで本物の紗恵のようだった。《悪しきもの》と分かっていても、重ねてしまいそうになる。

一年前、何も知らなかった高良は、どれほどの衝撃を受けたか。

あのとき、成実の目には、《化け水鏡》が真っ黒な影のように映った。

しかし、高良には、可憐な少女の姿に見えていたはずだ。記憶と違わぬ、最愛の異母妹の姿に、高良は動揺した。

そうして、惨たらしい結末を迎えた。成実が迎えさせてしまった。

何度も切りつけるうちに、《化け水鏡》は小さくなっていく。血だらけの少女が、膝をつき、まるで命乞いするように、成実を見つめている。

（ああ。やはり、こんなにも。こんなにも簡単に祓えるというのに）

どうして、高良を救えなかったのか。成実は邪気祓いの血筋でありながら、後手にまわり、かけがえのない友を亡くした。

ひゅう、ひゅう、という呼吸の音がする。

真っ赤に染まった少女が、泣きながら、成実に手を伸ばす。

止(とど)めを刺さなくてはならない。

頭では分かっていながら、最後の最後で、躊躇(ちゅうちょ)してしまう。愛する妻と同じ姿をしたものを切り捨てることに、迷いが生じた。

だが、その迷いを散らすように、背後から声がした。

「成実様！」

紗恵の声だった。だから、成実は、一歩、踏み込むことができた。

成実は《化け水鏡》を、大きく切りつける。

瞬間、此(こ)の世のものとは思えない絶叫が響く。

霧が晴れるように消えゆく《悪しきもの》を見ながら、成実は小さく、高良、と亡き友の名を呼んだ。

◇◆◇◆◇

成実を追いかけて、枯骨峠にまで来た紗恵は、息を呑む。

成実が浴びせた最後の一太刀が、《悪しきもの》を祓ったのだろう。

枯骨峠を根城にしていた《化け水鏡》が祓われたあとには、澱み、濁った溜池だけが残されていた。

「成実様。お怪我は」

紗恵は急いで、溜池の傍に立っている成実のもとへ駆け寄る。

「どうして、ここにいる？」

成実は目を丸くしていた。宿で別れたきり、紗恵が追いかけてくるとは夢にも思わなかったのだろう。

「昨日、カフェでお会いした男性に、お願いしたのです。成実様の、軍部にいらっしゃった頃の上官だという」

成実が発ったあと、紗恵は帝都の宿を飛び出して、枯骨峠に足を踏み入れた。

枯骨峠の山道にいた軍人は、成実が《悪しきもの》を祓うことを信じていたのだろう。

紗恵の姿を見て、成実を迎えに行ってほしい、とまで言っていた。

「あのサカナ野郎。何を考えてやがる」

成実は、荒々しい口調で吐き捨てた。

「成実様。まだ、私は蚊帳の外にいなくてはいけませんか?」

「……それは」

「私のことを、大切にしてくださるのならば、私にも、成実様のことを大切にさせてください」

「紗恵。俺は、お前のことを守りたいと思うが、それは俺の勝手だ。お前に見返りを求めたつもりはない」

成実は、頑なに、紗恵を見なかった。紗恵は手を伸ばして、成実の袖を摑んだ。どうか、こちらを見てほしかった。

「お願いです。私を見て。私の話を聞いてください。お手紙を交わしていた頃のように」

宝物のように大事な手紙の数々があった。交わした手紙は、いつだって、紗恵のことをひとりの人間として尊重してくれた。

人形のような不出来な娘ではなく、心ある人間として大事にしてくれた。

紗恵は知っている。紗恵にあったなけなしの自尊心は、高良が芽生えさせて、成実が育ててくれたものだ。

「高良お兄様のことを、今でも愛しています。成実様も、きっと同じでしょう? だから、私たち、今のままではいけないと思います。ちゃんと向き合わないと。お兄様は、私たちのことを、お互いの支えになるように、と願って、繋いでくださったのに」

「……向き合うことなど、どうして、できる？　俺は許されてはいけない。どんな理由があろうとも、大切な友を手に掛けた。守ることができなかった」

「私だって同じです。私の願いが、お兄様への期待が、お兄様を殺したのです」

あの家から連れ出してくれる。そんな紗恵の願いが、兄を死に至らしめた。

「違う！」

「いいえ、同じです。お兄様の死に、一人だけで責任を感じないでください。私の知っているお兄様は、親友が苦しんでいることを喜ぶ人ではありません。お兄様は、成実様を恨んだりしない。お許しになります。……優しい人でした。寂しい人に寄り添うのが上手で、誰かを憐れむ心を持っているのに。自分にだけ、厳しくて」

紗恵は声を震わせた。

記憶のなかで、高良は優しく笑っている。それなのに、その笑顔を思い出すほど、もう高良がいないことを突きつけられるのだ。

「知っている。高良は、優しい男だった。だが、死者の思いなど、俺たちには分からないだろう。死人は語らない。高良が、俺を許してくれる、というのは、生きている人間の傲慢だ」

「許してくれない、と。そう決めつけることだって、傲慢でしょう? 成実様が、どうしても自分を許せないのなら! お兄様の答えは、いつか死んだとき、わたしと一緒に訊きましょう。——それまで、私たちは、精一杯、生きるのです。生きて、幸せになるのです。お兄様は、きっと私たちのことを見守っていてくださるから」

成実は、悲しみを堪えるように、一度、目を伏せた。それから、ゆっくりと瞼を開いて、紗恵に手を差し伸べた。

「高良の墓に、行こう」

紗恵は頷いて、彼の手を取った。

高良の墓は、溜池近くの雑木林のなかにあった。ひどく寂しい墓だった。ただ名の彫れた石だけが置かれたものを、墓と呼んで良いのかも分からなかった。

成実は背筋を正してから、雪の降り積もった地面に膝をつく。まるで、墓石と目線を合わせるように。

「枯骨峠の《化け水鏡》は祓った。今度こそ。いや、もし再び顕れたとしても、俺が祓い続けよう。高良、お前の命に誓って」

この墓には、高良の遺骨は納められていない。《悪しきもの》に穢された遺体として、特別な土地で眠っている。その場所に、紗恵や成実が訪うことはできない。

（ここに、お兄様の遺骨はない。でも、お兄様の魂は、きっと、在る。私だけでなく、成実様のことを心配してくださっている）

人は死んだら、何処(どこ)へ行くのか。様々な説が唱えられるが、本当のところは、生きている人間には分からない。

ならば、ここに高良の魂が残っている、と思うことも許されるだろうか。

（高良お兄様。今も、あなたの魂は、ここに在りますか？　私たちを見守ってくださる、と。そう思わせて。私に勇気をください）

成実は、紗恵の大好きな、紗恵の愛した兄のことを大事にしてくれた。生涯(しょうがい)、高良の死を惜しんで、忘れずにいてくれる。

紗恵は膝をついて、成実の肩に触れる。

「成実様に、お聞きしたいことがあります」

紗恵はうつむくことなく、真っ直ぐ、成実のことを見つめた。

「聞きたいこと？　わざわざ高良の墓前で、何を」

「ここに、お兄様の遺体はありません。でも、魂はあると信じています。成実様も、そう思ってくださるでしょう？　だから、私、今ならば勇気を出すことができます。――私のことを娶(めと)ってくださったのは、お兄様への罪悪感が理由ですか？」

成実と兄は、予期せず、枯骨峠の《化け水鏡》と遭遇した。そうして、兄は命を落とし、成実だけが生き残ったのだ。

成実は、生き残ったことに、罪の意識を抱いているのではないか。

「それは違う」

「でも、お兄様が、最期に、私を頼む、と。そうおっしゃったから、私のことを娶ってくださったのですよね」

兄の死があって、はじめて、この婚姻は成立した。

本来ならば、百番様を有する神在には、紗恵ではなく、ふさわしい女性が輿入れするはずだった。

「……あれは、嘘だ」

成実は眉間のしわを深くして、喉から搾り出すように言った。

「嘘？」

「高良は、最期の言葉を遺すこともできなかった。お前の兄は、俺が判断を誤ったばかりに、《悪しきもの》と同化してしまった。だから……」

淡雪が舞うなか、成実の薄い唇が震える。

「俺が殺した。《悪しきもの》ごと、高良を切った」

成実は、懺悔するように、薄紅の瞳に涙を滲ませた。

紗恵はきつく拳を握って、首を横に振った。

「それは、お兄様への侮辱です。お兄様は、成実様のことが大切だったから、自分を殺した、などとは思いません。むしろ、親友につらい役目を負わせた、と。そう思われるはずです」

「そうだったとしても、俺が、お前から兄を奪ったことは変わらない。恨んでいるのだろう？　憎んでいるのだろう？　高良ではなく、俺が死ぬべきだった、と、お前は思っているはずだ」

「……っ、いいえ！　成実様が死ねば良かったなど思いません。どうして、恨み、憎むのでしょうか？」

目の奥が熱くて、全身が小刻みに震える。

紗恵は、自分の気持ちを打ち明けることが、こんなにも難しく、勇気の要ることと知らなかった。

思えば、高良は、いつも紗恵の気持ちを汲み取ってくれた。本当は、紗恵自身が、自分の気持ちを言葉にするべきだったのに。

たくさん、兄に伝えることのできなかった気持ちがあった。

大好きだった。寒さに震えて、死を覚悟していた幼い紗恵に、高良が衣をかけて、あたためてくれた日から、ずっと愛している。

あの人がいなければ、紗恵はあたたかなものを知らぬまま、空っぽの少女として死んでいた。

「成実様。ずっと、あなたのことが好きでした。あなたに嫁ぐ前から、あなたに恋をしていたのです」

この胸に秘めていた恋すらも、兄のおかげで知ることのできた気持ちだった。紗恵にとって、たった一つの恋だった。

「……会ったこともない男を好きになるなど」

「お会いしたことはなくても、ずっと手紙を交わしていました。それに、帰省のとき、お兄様は、成実様の話ばかりでした。お兄様の親友、たった一人の心を許せるお友達。あなたは、誰かを大事にすることを知っている人だ、と言っていました」

成実は、当たり前のように、誰かに手を差し伸べることができる人だ。

そうと知っていたのに、兄の死によって娶ってもらったという申し訳なさで、紗恵の目は曇っていた。

（成実様は、いつも私のことを気遣ってくれていたのに）

嫁いでから一年、百生の人々が親切にしてくれたのは、成実が手を回してくれたからだ。婚家で肩身の狭い思いをしないよう、成実はたくさんのことをしてくれていた。

百生の治める《帰咲》の街に出かけたときも、成実は、紗恵のために心を砕いてくれた。帝都に来てからも変わらない。

ともに歩くとき、はぐれないよう手を引いてくれた。生家でも、ずっと紗恵のことを庇ってくれた。紗恵を元気づけようと、カフェでは甘味を頼んでくれた。

成実は、いつも紗恵を思ってくれていたのに、紗恵が素直に受け取ることができなかっただけだ。

「会ったことはなくとも、私、成実様の素敵なところをたくさん知っていました。……成実様が、私のことを何とも思っていなくても、ずっと、恋をしていました」

「ならば。どうして、お前は笑ってくれない？」

成実は切なそうに目を伏せた。その顔は、不機嫌を示しているのではない。今までの紗恵が、彼を傷つけていた証だ。

「嬉しいときも、悲しいときも、それを顔に出せないのです。幼いときから、ずっと。

……むかし、ろくに着るものも与えられず、震えていた私のもとに現れたのが、高良お兄様でした」

紗恵、と呼ぶ声がする。

身も心も凍えていた紗恵に、はじめて、あたたかさを教えてくれた人だった。あの人との妹であったことは、紗恵の誇りだった。

紗恵は、あんな風に優しい人になりたかったのだ。

「お兄様だけが、私に優しくしてくれた。寒くて、凍えているとき衣をかけてくれた。なのに、私、そんなときも笑えなかったんです。あんなにも嬉しかったのに」

紗恵は、ぴくりとも動かない表情のまま、声を震わせた。

「笑うことができない。でも、成実様には、私の心を疑ってほしくないのです」

成実は両腕を伸ばすと、ふわり、と覆い被さるように紗恵を抱きしめた。

紗恵の背中に触れることさえ、恐る恐る、ためらうような、不器用な抱擁だった。

「《化け水鏡》を祓うとき、肝が冷えた。邪気祓いをしているとき飛び込んでくるなど、今後、一切、止めろ。お前が後ろにいると思ったら、俺は戦えない。気が散る」

「それは、私を、愛してくださっているから、でしょうか？　あの《化け水鏡》は、愛する人の姿をとる、と教えてもらいました。私には、あれが成実様に見えていました。……

成実様は、どうでしたか？」

「……お前の姿をしていたよ」

「成実様も、私と同じ気持ちだと信じても、良いでしょうか？」

「ばかだな」

「……？　はい。私は」

「お前のことではなく、俺が大馬鹿者だった、という意味だ。何をしても、お前は喜ばない。笑わない。それが苦しかった。……高良が生きていた頃から、ずっと好きだった女に、そんな態度を取られたことが堪えた。お前に、そのような態度を取らせたのは、俺の責任だというのに」

「好き？」

「何故、疑問に思う。好きに決まっているだろう。好きでなければ、そもそも、お前を迎えたりしない」

「でも、お兄様が生きていた頃、成実様とお会いしたことはありません」

「自分のことを棚（たな）にあげるのか？　お前が、高良から俺の話を聞いていたように。俺だって、お前の話を聞いていた。そもそも、何とも想っていないなら、あれほど何度も手紙を出したりしない」

「……そ、そうですか」

「高良からの話を聞く度、お前のことが好きになった。手紙のやりとりを重ねるほど愛おしくなった。顔も知らぬ女に恋をした。顔など見なくとも、その娘が優しくて、健気なことを知っていたからな。……怖がらず、はじめから言葉を尽くすべきだったな」

成実は、覚悟を決めたように強く、紗恵を抱く腕に力を込める。

「あらためて言わせてほしい。どうか、俺と夫婦になってくれ。高良に誓って、必ず幸福にする」

嫁いでから、一年もの月日が流れた。

成実の妻となり、どれだけ良くしてもらっても、心が遠くて、寂しかった。その寂しさが融けてゆく。あたたかなもので胸が満たされる。

これからの紗恵は、成実の隣で、成実と一緒に幸せになる。

「はい。私と、幸せな夫婦になってください。お兄様が祝福してくれるような」

紗恵は頷いて、成実の背に腕を回した。

◇◆◇◆◇

成実は、ずっと好きだった女を、腕のなかに閉じ込める。

（高良。俺は、帝都一、いや此の国一の卑怯者なのだろう）

成実と高良は、いつも隣にいた。

士官学校にいたときも、軍部に属してからも、ことある毎に組まされていた。様々な思惑が働いた結果なのだろうが、思惑がどうであれ、濃密な時間を過ごした相棒であることは変わらない。

これからも、成実の人生における一番の友は、高良で在り続けるだろう。

背中を預けて、命を守り合った男が、いっとう大事な宝石のように語っていたのが、異母妹のことだった。

紗恵。その名を口にする高良の声は、いつも甘く、成実の知らない響きをしていた。

それだけで、高良にとっての妹が、どれだけ特別なのか理解できた。

高良から話を聞けば聞くほど、紗恵に心惹かれていった。

仲の良い兄妹のやりとりを教えられ、紗恵からの手紙を自慢される度に、心臓のあたりが、きゅう、と締めつけられた。

手紙を交わすようになってからは、まるで坂から転がり落ちる石のようだった。

紗恵は、最初から成実自身を見ようとしてくれた。百生という一族に生まれた、邪気祓いとしての成実ではなく、ただの成実のことを見つめてくれた。

そうして、成実は、紗恵のことが欲しくなった。

自分に恋をしてほしい、愛してほしい、と、成実の心にある、柔く、無垢な部分が叫んだ。

だから、ずっと、紗恵に求婚させてくれ、と、高良には頼んでいた。

高良から何度断られても、成実はまったくめげなかった。

あまりにもしつこく頼み込むものだから、高良を怒らせてしまったこともある。上司に、成実が甘い物を好き、と吹き込まれて、甘味巡りに付き合わされたときも、紗恵に求婚したいという頼みごとが原因だった。

引き下がらない成実に対して、高良は根負けしたように言ったのだ。

『僕よりも強くなったら、良いよ』

まったくふざけた台詞である。

高良の言っている強さも、当時は何を示すのか分からず、終ぞ、確かめることもできなかった。

(そのまま勝ち逃げしてしまうのだから、お前は悪い男だ)

死者には、永遠に勝てない。許しを請うことすら叶わない。

（高良。必ず、お前の妹を幸せにする。だから、どうか見守っていてほしい。いつか死んだあと、紗恵とともに会いに行く）

そのとき、成実のことを、許すか、許さないか決めてほしい。

それまで、成実は、精一杯、紗恵とともに生きてゆこう。

終

百生の邸は、夜も更けて、多くの者たちが寝静まっていた。

希与子は、先代である香純の寝所に控えていた。冬の夜、古傷が痛んで眠れない先代の相手をするのは、珍しいことではない。

香純にとっての希与子は、弱さを見せても問題のない相手だからだ。

希与子のことを信頼しているからではない。大した価値のない存在と思っているから、弱さを見せてくれる。

希与子とて、いまさら、そのようなあつかいに傷つくことはない。

百生という一族に生まれながらも、邪気祓いとしての才覚がなかった。その点だけで、希与子は、自分が一族にとって価値のないものと知っている。

「成実たちは、いつ、帝都から戻るのだったかしら？」

ふと、香純は問うてきた。

「予定では明日でしたが、成実様から報せがありました。少し帰りを遅くしたい、とのことです」

「そう。観光でもして、仲を深めてくるのかしら？　良いわ。紗恵さんには、成実と仲良くしていただきたいもの」

香純の声は穏やかで、慈愛に満ちたものに聞こえた。

だからこそ、希与子には不思議でならなかった。希与子の知っている香純ならば、早く百生に帰ってくるべき、と不快感を示すはずだ。

希与子は膝のうえで拳を握る。じんわりと掌に汗をかいていることが分かった。

希与子の脳裏に浮かんだのは、淡い茶髪をした少女だった。

いつも人形のようで、心なんて持ち合わせていないような顔をしているというのに、その実、誰よりも強く、成実を想っている。

そして、意地の悪いことをした希与子を許してしまうような、お人好しの娘だった。

（しっかりするのよ。いま、お尋ねしないと、この先もはぐらかされてしまう）

希与子は小さく息を吸って、姿勢を正す。

「どうして、紗恵のことを、お認めになったのですか？　先代様が、いちばん反対されると思っていました」

「私は、成実に甘いの。知っているでしょう？」

「甘いのは否定しませんが、先代様は、一族の利益にならないことはしません。成実様の出奔も、長引くようなら、連れ戻す算段だったのでしょう？」

笑顔で送り出していたものの、内心は荒れていただろう。

一族の再興のために必要だから、目をかけて、愛し続けた弟が、外に行ってしまったのだ。成実の選択に理解を示したように振る舞っていたが、時が来たら、連れ戻すため策を立てていたはずだ。

香純が最も優先するのは、一族のことである。どれほど慈悲(じひ)深く、穏やかな気質に見えても、一族の利にならないことは退ける人だ。

(どうして、成実様の我儘(わがまま)を、お認めになったのかしら?)

希与子は、紗恵のことを好ましく思っている。

だが、百生にとって相応(ふさわ)しい娘とは思っていない。

紗恵の人格に非があるのではない。彼女が、神の血を引かぬという一点のみが、影を落としている。

「そうね。最終的に、成実には一族に戻ってもらうつもりだった。それが早まったことを思えば、紗恵さんにも、亡くなった兄君にも感謝しているの」

「その感謝だけで、紗恵のことを、お認めになるとは思えません。百生に利がない」

「ふふ。それは、どうかしら? ……ねえ、希与子。成実は勘づいているでしょうから、あなたにも教えてあげるわ。十織(とおり)家のことを知っている?」

十織。百生の領地とも近い、花絲(はないと)という織物の街を治める神在(かみあり)だ。

家同士の関わりもあるうえ、立地的に近いので、百生としては意識せざるを得ない家でもある。

「花絲に巣くう蜘蛛が、どうかされましたか？」

「十織家の当主は、先祖返りなのよ」

「……？　知っています。皇女が生んだ長男でしょう」

「そうよ。十織家に嫁いだ皇女――神の血を引かぬ皇女が、先祖返りを生んだの」

希与子は、そこまで言われて、ようやく香純の意図するところを察した。

十織家の若き当主は、特別、神の血を色濃く引いた。先祖返り。神の血が薄れゆく時代に生まれた、神に愛された男だ。

その先祖返りは、十織家の先代と、神の血を引かぬ皇女の間に生まれた。

「成実様と紗恵の子に、期待をかけているのですか？」

「成実たちの子どもは、きっと、正しいわ」

正しい。それは、百生にとっては、邪気祓いの力が強い子を意味する。

「……先代様。それ以上は」

「父上は、百生の数を増やすために、たくさんの妻を迎えた。でも、数は増えても、成実の上に生まれた姉たちは、皆、間違いだったのよ。正しい子どもは、邪気祓いの力の強い子どもは、成実だけだった」

「それ以上は、口になさらないでください！　そもそも、成実様たちの間に、子が生まれなかったら？　生まれたとしても、邪気祓いの力を持たないかもしれません。十織家の例だって、偶然かもしれない。何ひとつ確かなことはないでしょう？」

「確かなことはない。つまり、可能性がある、ということね」

「先代様！」

「成実と紗恵さんの子は、私たちの希望となるかもしれない。きっと、百生の亡びを遠ざけてくれる。そんな希望を持つことは、悪いことなのかしら？」

希与子は言葉に詰まった。

希与子には、香純の気持ちが痛いほど分かる。

香純は、自分自身のことさえも、一族を繁栄するための手駒のひとつと思っている。一族の在り方に疑問を呈し、一時は出奔した成実とは、根本的な考え方が異なる。

成実は、いざとなれば、百生の一族よりも紗恵を選ぶことができるだろう。

だが、希与子や香純にとって、一族よりも優先すべきものなどない。何もかも捨てて、たった一人を選ぶことはできない。

「成実様は、先代様の思惑もご存じなのですね」

「知ったうえで、利用しているのでしょうね。私が、成実を愛しているのは本当よ。でも、私が何よりも一族の利を取ることを分かっている。……かつて嫌っていた一族の力を頼ってまで、あの子は、紗恵さんのことが欲しかったの。良いのよ、安い買い物だった。あの娘ひとりで、成実を百生に留めることができる」

「紗恵を、そのように物のようにあつかうなど」

「まあ、絆(ほだ)されたの？　さっきから嫌に口答えをする」

「紗恵のことを傷つけたくありません。優しい、娘ですから」

「その優しさに何の価値があるの？　中途半端に綺麗(きれい)ごとを口にするのは、やめた方が良いのではないかしら？　あなたは、私たちと同じ。一族のためならば、どのような犠牲(ぎせい)があっても構わないと思っているでしょう？」

希与子は、うつむく。

どれだけ紗恵に寄り添ったような言葉を口にしても、そんなものは、上辺だけの綺麗ごとにしかならない。

「良いのよ。上手(うま)くいかなかったとしたら、何度だって、やり直せば良いもの。間違っているのならば、正せば良いの。紗恵さんでは、ふさわしくなかったと分かったら、そのとき離縁させたら済む話だもの」

香純は、口元に手をあてて、鈴の鳴るような声で笑った。

「成実様は、きっと、ご納得されません。成実様にとっての妻は、あとにも先にも、紗恵だけでしょう」

「あの子が納得しなくとも、納得させるのよ。この先も《悪しきもの》は顕れる。もしかしたら、また京を襲ったような禍が顕れるかもしれない。そのときに備えて、百生は、邪気祓いとして正しくなければならない」

かつて、京で猛威をふるった恐ろしい禍があった。《無名》とも《詠人不知》とも呼ばれる、その《悪しきもの》は、百生を弱らせた原因だ。

再び、同じような禍が顕れたとき、いまの弱体化した百生では、祓いきることはできないかもしれない。

だから、成実には、邪気祓いとして正しい道を選んでもらわなくてはならない。

頭では分かっているというのに、希与子の心は曇っていた。希与子を慰めるように手を握ってきた、小さな娘のことを思い出してしまう。

紗恵。神の血を引かぬ、百生の外からきた娘。希与子の心に寄り添おうとしてくれたのは、そんな外からきた娘だったのだ。

(どうして、お前には、神の血が流れていないのかしら？)

紗恵が、百生に生まれた女であれば良かった。

そんな風に思ってしまった自分に、希与子は遣る瀬なさを覚えた。

◇◆◇◆◇

百生の邸には、枯れることのない、一年中咲いている梅園がある。長い歳月を経てきた梅の木は、淡雪のような花を風に揺らす。

あちらこちら綻んだ梅の花々は、すべて百番様そのものだった。

「いつ見ても、嫌みったらしい顔ね」

成実は、声の聞こえた方に顔を向けた。

あざやかな振袖姿の女が、梅の陰から、成実のことを睨みつけている。そうやって険しい顔をしていると、やはり成実とよく似ている。

「俺の顔が嫌みったらしいならば、お前も同じだろう？　俺たちには、同じ男の血が流れているのだから」

一族内では公然の秘密であるが、成実と希与子は、父親が同じなのだ。

ふたりは、同じ年に生まれた異母姉弟である。

しかしながら、希与子は、表向きには分家の娘とされている。だから、一族の者たちは、成実の姉のことを十九人と言う。希与子が本家の生まれであると知りながら、成実たち姉弟に含めない。

（ふざけた話だ。希与子とて、俺の姉だろうに）

一族の者たちと違って、成実は、希与子も含めた二十人の姉という認識を持っている。そうすることが、一族の古い者たちへの反抗でもあった。成実は、希与子を姉と思っている。最初から、婚姻を結ぶような相手として見ていない。

（異母姉弟であろうとも、婚姻を結ばせようとする。それくらい、父も一族の古い連中も、百生の血が途絶えることに危機感を抱いていた）

希与子には、残念ながら、邪気祓い（じゃきばらい）の才はなかった。しかし、希与子の身には、間違いなく百番目の神の血が流れている。

成実たちの父親や、一族の中でも古い者たちは、何処（どこ）までも百生の血にこだわった。その結果が、成実と姉たちである。

二十人の姉と、一人の弟。

母の異なる姉弟は、親世代を含めた、古い者たちの執念によって生み落とされた。

「最悪よ。あなたと似ているなんて」

紗恵は奇妙な誤解をしていたが、成実と希与子の仲は冷え切っている。血縁としての情がないわけではないが、それ以上に、複雑な思いがあった。

邪気祓いの力を求めながらも、才覚のなかった希与子。

邪気祓いの力を嫌いながらも、誰よりも恵まれた成実。

幼い頃から、互いのことを羨み、憎み合ってきた相手だった。間違っても、二人の間に恋が芽生えることはない。

「俺も、お前と似ていると思うと、嫌になるときがある」

「成実様。あなたは、ぜんぶ捨てて、一度は百生から逃げた。その過去は変わらない。あなたのような卑怯者が、どの面下げて、百番様のところに顔を出すの？」

希与子は嘲笑う。この梅園は、百番様そのもの。希与子は、のうのうと神の御前に戻ってきた成実のことを責めている。

「卑怯者であることは否定しないが、もう逃げない。覚悟を決めた。そのつもりで、今日は百番様のもとを訪ねた」

「覚悟？」

「ここで生きる。紗恵と幸せになる。そういう覚悟が決まった」

希与子は両腕を組むと、呆れたように溜息をつく。

「生きるなんて、当たり前のことでしょう。死んだら終わりだもの。這いつくばって、泥水を啜ってでも、生きるべきよ。……この先、二度と、情けない姿を見せないで。殺したくなるから。力を持って生まれたのだから、恵まれているのだから、ちゃんとしなさい」

「力を持って生まれたことを、恵まれている、と思ったことはなかった。だが、今は、この力があって良かったと思う。この力があるから、俺は、紗恵を守ることができる」

「あっそ。ずいぶん入れ込んでいるのね」

「入れ込むに決まっている。紗恵は、はじめて、俺のことを人として見てくれた」

「ただの男として見てくれたってこと？　それは、それは。あなたにとっては、何よりも欲しかったものでしょうね」

生まれたときから、否、生まれる前から、成実は、百生という一族に囚われている。よりよい邪気祓いの血を、一族の再興を。たくさんの人々の願いは、呪いとなって、成実の肩にのしかかった。

亡き親友ですら、成実が百生の一族であることを、強く意識していただろう。友愛の情とは別のところで、成実と自分の差を理解していた。

紗恵だけが、成実のことを、ただの成実として見てくれた。

紗恵が、閉じ込められて、世間を知らない娘だったから、と誰かは笑うかもしれない。

だが、成実は何よりも、そのことが嬉しかったのだ。紗恵との手紙を通して、成実は自分の在り方を、心を、強く自覚した。

百生に嫁いでからも、ずっと、紗恵は成実と向き合おうとしてくれた。

「父上のしたことを、俺は繰り返さない。呪いは、俺の代で断ち切る」

「そう。……あの人たちが一族を大事にしていたことは否定しないけど、その方法は褒められたことではなかったものね」

「俺は、この身をもって百生の実権を握る。もう二度と繰り返さないために。この家を、紗恵が笑って生きることができる場にする。お前も手伝ってくれるだろう？　希与子」

これからの百生は、成実や希与子の時代だ。古い者たちが、一族のために力を尽くしてきたことは否定しないが、同じ轍を踏むつもりはない。

いまだ呪いに囚われた長姉も、いつか心を変えてくれるはずだ。

「あなたのために手伝うのは、気に食わないけど」

「なら、紗恵のために」

希与子は返事をしなかった。

だが、はっきりとした返事がなかったことに、彼女の誠実さを感じた。今までの希与子だったならば、迷いなく、一族の利にならないことはできない、と拒んだはずだ。

希与子は溜息をつくと、成実に向かって片手を差し出した。彼女の手には、小さな木箱が握られていた。

「なんだ?」

成実は不思議に思いながら、木箱を受け取る。

「頼まれていたものよ。紗恵にあげる帯留め」

「すまない。助かった」

「百番様の花枝(かし)を、刀にではなく帯留めにするなんて。前代未聞よ」

婚儀のとき、百番様から紗恵に贈られた花枝である。希与子を通して、帯留めに加工してもらうよう手配していたのだ。

「紗恵には、ぴったりだろう。刀を握るには、あの娘は優しすぎるから」

「そうね。とびきり甘くて、百生には似合わない娘よ」

「紗恵のことを、よろしく頼む」

「腹立つ言い方ね。成実様に、よろしく、なんて言われなくても大事にするわ。ばかにしないでくださる?」

希与子は、早足で、成実の前から去ってゆく。

ちょうど、希与子と入れ違うようにして、紗恵が現れる。希与子は、紗恵に気づいた途端、足を止めて嬉しそうに話しかけていた。

成実は、まぶしいものを見るかのように目を細めた。

あいかわらず、紗恵の表情は、ぴくりとも動いていない。だが、きっと、希与子と話しながら、楽しい、嬉しい、と思っているのだろう。

（高良。お前の妹は、お前とよく似ている。寂しがりやに寄り添うことが上手だ）

希与子が、紗恵の頭に触れる。出逢った頃よりも伸びている髪には、少々不格好ながら、薄紅色のリボンが飾られていた。

希与子は、リボンを解くと、紗恵の髪に編み込みはじめる。

綺麗にリボンが編み込まれたことに満足したのか、希与子は、そっと紗恵の背中を押した。顔をあげた紗恵は、小走りで、成実のもとへ駆け寄ってきた。

「走るな。転ぶ」

「その、成実様のお姿が見えたから、つい」

はやく隣に行きたくて、と紗恵は言う。

「今日は、高良の仕立てた衣ではないのだな」

「はい。成実様が、贈ってくださったものです」

春の花に、燕を合わせた色留袖だ。

成実の想像したとおり、紗恵には良く似合っている。

「似合っている。あとは、これを飾ってくれたら嬉しい」

成実は、希与子から渡されたばかりの帯留めを、紗恵の帯にかざした。小ぶりの枝に、梅の花々。華やかでありつつも、どこか繊細な印象を受ける意匠の帯留めは、成実の振う力と同じ鋼の色をしていた。

邸に帰ったら、帯締めと一緒に飾ってやろう。きっと、百番様の花枝を加工してつくった帯留めは、華やかな色留袖に映える。

「百番様の？」

「ああ。いつも、この帯留めを飾っていてほしい。きっと、お前を守ってくれるから。……本当に、よく似合っている。お前が、この色留袖を着てくれて嬉しい。一度も袖を通さないから、気に入らないのかと思った」

「違います。私が袖を通して良いのか、分からなかっただけで。これからは、たくさん着ますね」

「それは嬉しいことだが、高良の送った衣も着て見せてくれ。高良が、紗恵を想って仕立てたものだ。高良の想いが籠められたもの。……高良には、やはり敵わない。どれも、お前に良く似合っていた」

「敵わない、なんて言わないでください。成実様は、お兄様の代わりではないのですから」

「そうだな。こんな弱気では、神にも叱られてしまうな」

「百番様？」

この梅の木々たちは、百生の神だ。群れなす梅の木は、ただの梅ではなく、邪気祓いの力を宿した神聖なものだった。

成実に呪いを与えた元凶であり、成実に力を与えてくれた神でもある。

「御先祖様だからな。いつも、ここに来ると、見定められている気がする。己の在り方を」

「成実様は、いつも御立派で、素敵な旦那様ですよ」

「困ったことに。百番様は、その素敵な旦那様が、どうしようもない悪童だった頃のことも、ご存じだ」

「まあ。可愛い男の子の話なら、いつか聞いてみたいものです。成実様は、見定められている気がする、とおっしゃいますけど。見定めているのではなく、きっと、見守ってくださっているんだと思います」

「そうか。今も、百番様は俺たちと共にある。俺たちを愛してくださっている。そう思った方が、ずっと気持ちが良いな」

「はい。きっと、百番様は、成実様のことが大好きなんですよ」

「お前は？」

成実の問いに、一瞬、紗恵の動きが止まった。

紗恵はあたりに視線を遣ったあと、成実の肩に手を置いて、背伸びをするよう、顔を近づけてくる。

「私も、成実様のことを、お慕いしています」

風が吹き抜けて、あちらこちら綻んだ花を揺らす。ひらり、ひらりと舞う花のなかで、紗恵は微笑んでいた。

はじめて見た笑顔は、柔らかな日の光のような、優しい笑みだった。

※この作品はフィクションです。実在の人物・団体・事件などにはいっさい関係ありません。

集英社オレンジ文庫をお買い上げいただき、ありがとうございます。
ご意見・ご感想をお待ちしております。

● あて先
〒101-8050　東京都千代田区一ツ橋2-5-10
集英社オレンジ文庫編集部 気付
東堂　燦先生

百番様の花嫁御寮

神在片恋祈譚

集英社
オレンジ文庫

2024年5月25日　第1刷発行
2024年6月19日　第2刷発行

著　者　東堂　燦
発行者　今井孝昭
発行所　株式会社集英社
〒101-8050東京都千代田区一ツ橋2-5-10
電話【編集部】03-3230-6352
【読者係】03-3230-6080
【販売部】03-3230-6393（書店専用）
印刷所　図書印刷株式会社

ISBN 978-4-08-680559-9 C0193